COLLECTION FOLIO

Boualem Sansal

Petit éloge de la mémoire

Quatre mille
et une années de nostalgie

Gallimard

© Éditions Gallimard, 2007.

Né en 1949, Boualem Sansal a une formation d'ingénieur et un doctorat d'économie. Après avoir été tour à tour enseignant, consultant et chef d'entreprise, il devient haut fonctionnaire en 1995 au ministère de l'Industrie, poste duquel il sera limogé en 2003 à cause de ses prises de position critiques. Encouragé par son ami le romancier Rachid Mimouni, il commence à écrire et publie son premier roman, *Le serment des barbares,* à l'âge de cinquante ans. Dans la ville de Roubia, « la ville des lauriers », l'inspecteur Larbi enquête sur un assassinat, mais peu à peu c'est toute l'histoire de l'Algérie depuis la guerre qui refait surface... Les lecteurs comme la critique saluent le roman dès sa parution en 1999. L'année suivante, Boualem Sansal publie *L'enfant fou de l'arbre creux,* un dialogue flamboyant et satirique entre deux condamnés à mort dans une prison algérienne. Un bar sur les hauteurs de Bab-el-Oued sert de décor à *Dis-moi le paradis,* son troisième roman publié en 2003 ; on y refait le monde en général et surtout l'Algérie. En 2005, *Harraga,* son quatrième roman, met en scène Lamia, une pédiatre célibataire et cultivée, et Chérifa, une adolescente écervelée et enceinte, deux femmes qui viennent de deux univers si différents... Avec *Poste restante : Alger,* publié en 2006, le romancier adresse à ses compatriotes une lettre ouverte brève et cinglante ; elle fut aussitôt censurée par le gouvernement algérien, elle n'est jamais parvenue à ses destinataires.

Témoin impitoyable de la société algérienne d'aujourd'hui, doué d'une écriture aussi dense que truculente, Boualem Sansal vit toujours dans les environs d'Alger.

Découvrez, lisez ou relisez les livres de Boualem Sansal :

L'ENFANT FOU DE L'ARBRE CREUX (Folio n° 3641)

HARRAGA (Folio n° 4498)

LE SERMENT DES BARBARES (Folio n° 3507)

La nostalgie, un art perdu

Je le pense ainsi : la nostalgie, le mal du pays comme on dit, est une richesse, un formidable gisement. Le tout est de savoir où est son pays, ce qu'il a été, ce qu'il est devenu, comment et pourquoi on s'en est éloigné, et par quel fil on s'y rattache encore. C'est tout le problème. Cela fait que souvent la nostalgie mène à l'errance, à l'apathie, à la colère, au renoncement. Au mieux, on s'invente un mythe et l'on s'y réfugie comme dans une prison.

L'art est en chacun mais le moyen de l'exprimer avec bonheur n'est donné qu'à ceux qui savent croire et douter à la fois, chercher et attendre, aimer et refuser l'aveuglement. Combien sont-ils ?

La nostalgie est comme la spéléologie, une démarche risquée, on entre en soi, on avance pas à pas dans les profondeurs de son âme, de sa mémoire, de son histoire, avec toujours l'espoir d'atteindre le fond et de pouvoir retrouver le chemin du retour.

Tout cela est fort compliqué, me voilà en peine d'expliquer plus avant. La nostalgie n'est pas la croyance en l'air mais une liberté fondée sur des faits. Ainsi, mon chemin est balisé, j'ai mes repères, j'entre en nostalgie et j'en sors quand je veux. Malgré cela, il m'arrive de renoncer. Les faits ne sont pas toujours conciliants.

Le tour de main acquis, le voyage vaut le coup, on apprend à chaque pas, on se connaît mieux, on devine l'ordre des choses et les forces qui les tiennent agencées dans leur prodigieux et imperturbable mouvement.

J'ai mes repères, j'en vois la poésie et l'enseignement qui découle de la marche. Mais voilà, on ne le sait pas avant de se mettre en route, son pays n'est pas seulement celui auquel on pense, là où on le croit, il est aussi mouvant que le sable dans le désert, que le vent dans le ciel, que le temps dans le rêve. Il est partout sur terre, là, là, et sans doute là encore, en ce temps ou en d'autres, l'humanité n'a jamais cessé d'aller et venir, cherchant ceci, fuyant cela, et toujours, comme par miracle, se maintenant dans l'espoir de revenir au point de départ regardé comme l'aboutissement, la fin du voyage.

On ne peut rien de plus que reconnaître les points apparents, le reste revient à l'imagination, et tout le bonheur est là. Alors, mettons-nous en mouvement, donnons libre cours à nos émois et partons à la recherche de nous-mêmes et de ce que fut notre mère patrie. Quelque part, ne l'oublions pas, nous sommes des chasseurs d'impossible.

Mon premier repère : L'Égypte

C'est le plus lointain, celui que j'aime à explorer, qui me donne le plus de frissons. Écoutez-moi raconter mon pays, l'Égypte, la mère du monde. Remplissez bien votre clepsydre, le voyage compte quatre mille et une années et il n'y a pas de halte.

Le temps de l'exode

Jadis, en ces temps fort lointains, avant la Malédiction, j'ai vécu en Égypte, au pays de Pharaon. J'y suis né et c'est là que je suis mort, bien avancé en âge. Je crois me souvenir que les miens sont venus de cette contrée où le Grand Fleuve prend sa source, quelque part dans le Cham, le Pays Noir. Que s'est-il passé, je ne le sais pas, père me l'a maintes fois raconté mais à sa manière, allégorique et entrecoupée de digressions mystérieuses, ainsi que ses ancêtres avaient coutume de parler. Je crois avoir retenu que les dieux de son pays étaient entrés dans une grande colère et avaient décrété que l'homme n'avait plus sa place dans leur ombre. La montagne blanche et froide s'est mise à cracher le feu et le manteau de la terre s'est déchiré d'un bout à l'autre de l'horizon. Un continent entier s'est effondré. Le ciel s'est obscurci pour des siècles et l'air empestait la charogne et le soufre brûlant.

Un matin, après avoir psalmodié la nuit durant, fait toutes les offrandes et pratiqué les scarifications les plus sanglantes, la tribu a levé le camp et a suivi le cours impétueux du fleuve à la recherche d'un endroit où les dieux seraient bien disposés à l'égard des humains. Ils l'ont trouvé en Égypte, à Thèbes, la ville de Pharaon.

Ils avaient marché si longtemps qu'à l'arrivée il était impossible de distinguer le survivant du descendant, tous se ressemblaient et étaient pareillement décharnés et hagards. La lune avait tourné dans le ciel autant de fois que la vie d'un vieillard compte de jours et, quand ils virent les premiers monuments se découper fièrement à l'horizon, ils surent que les hommes et les dieux s'étaient construit là un destin commun. Ils posèrent leurs ballots et baisèrent le sol sur lequel ils se tenaient debout. Kemi était le nom que les autochtones, les premiers Berbères de l'histoire du monde, donnaient à leur pays. Il voulait dire Terre Noire.

Le temps du bonheur

En ces lieux, le soleil brillait d'une manière particulière, comme jamais ils ne l'avaient imaginé, et le ciel était limpide comme l'œil d'un enfant qui vient de naître. Ils n'avaient non plus jamais cru possible que les humains pussent être aussi nombreux sur terre et qu'ils pussent vivre dans un même endroit, dans la paix et la routine, séparés seulement par des ruelles et des murs de boue séchée. Ils avaient trouvé le moyen de vivre sans toujours fuir, sans se tenir continuellement aux aguets dans l'obscurité, sous le vent, serrés les uns contre les autres. Les animaux eux-mêmes étaient intégrés dans cet ordre magique et portaient leur âme avec dignité. Les dieux avaient des têtes à leur semblance et des corps à la semblance de l'homme. Extraordinaire était la communion.

C'est là que je suis né pour la première fois

et que ma vie s'en est allée un soir, tranquillement, dans le royaume des morts, attendre la résurrection comme le grain se mortifie dans la terre pour revenir un jour à la lumière de l'été.

Si par la pensée vous allez à Thèbes, *la ville aux cent portes* comme l'appelaient les étrangers ébahis de nous voir si bien abrités, et si vous prenez la rue des forgerons et des fondeurs de cuivre où nous habitions, suivez-la dans la direction du fleuve et vous trouverez une fontaine tout près du temple d'Horus. Arrêtez-vous, désaltérez-vous, l'eau est délicieuse, puis regardez le bas de la margelle, vous y verrez le dessin d'un corbeau en train de déchiqueter la cervelle d'un crocodile. Ce dessin est de moi, je l'ai fait au marteau et au ciseau. J'avais dix ans et déjà la main habile. Quelques jours auparavant, j'avais vu la scène en vrai sur les berges du Nil, elle m'avait tant frappé que je suis tombé malade. J'ai suivi la médication de la vieille Menuti qui aimait à dispenser ses recettes dans le quartier, aux uns, aux autres, aux enfants et aux mendiants aussi, à propos de tout et de rien, je me suis débarrassé du mal en le fixant sur la pierre et en allant cracher dessus cinq fois, onze jours d'affilée. Après cela, j'entrai dans le temple, me prosternai, les mains sur les genoux, devant la statue d'Horus, le dieu à la tête de faucon, et je le priai de chasser de notre cher pays corbeaux, crocodiles et toute engeance semblable. Il m'a entendu en partie, je ne crains plus les corbeaux et les crocodiles mais il y en a toujours qui rôdent dans le ciel entre deux nuages et qui guettent dans le fleuve entre deux eaux. Il faut constamment rester prudent et savoir prendre à temps ses jambes à son cou.

À notre arrivée à Thèbes, la tribu s'est acquittée de je ne sais quel droit et s'est installée dans la zone de transit, réservée aux gens de passage, étrangers, nomades, saltimbanques, pèlerins. On y voyait aussi des multitudes amorphes, des rebelles, des criminels enchaînés au pied, attendant d'être déportés vers les mines au fin fond du royaume. Plus tard, nous avons été reconnus comme Égyptiens, nous avons simplement déclaré devant le grand prêtre que les dieux de l'Égypte étaient nos dieux et que Pharaon était notre roi sur cette terre et dans l'au-delà jusqu'à la fin des temps.

Père qui s'y entendait un peu en métallurgie se plaça chez un charron des plus importants, lequel, grâce à de puissants appuis dans le palais, bénéficiait des marchés de l'armée.

Il réparait chars de guerre, chariots d'intendance et litières d'officiers. Il employait plus de cent ouvriers libres et autant de bons et fidèles esclaves. J'ai passé ma petite enfance parmi ces gens, dans le tintamarre des martèlements et la fournaise des forges, et j'aimais les entendre parler de ces régions lointaines qu'ils habillaient de splendeurs plus étonnantes que celles de la Grande Égypte. Ils avaient les larmes aux yeux à l'évocation de ces pays qu'ils avaient fuis au péril de leur vie ou dont ils avaient été violemment arrachés. À leur côté, je faisais l'apprentissage de la nostalgie et découvrais combien elle aide à passer les jours, à se reposer de ses peines, à échanger des rêves, à se construire un avenir commun.

Un souvenir me revient là en mémoire, cette puissante odeur qui enveloppait la ville à laquelle on ne pouvait échapper, si tant est qu'on pût le souhaiter, mélange d'exhalations des eaux limoneuses du fleuve sacré, d'odeurs du bois pourri de ses berges, de poissons que l'on faisait frire dans de la graisse d'oie dans toutes les cours, devant chaque porte, de bétail en sueur qui pataugeait dans son fumier, d'effluves émanant des boutiques d'herboristes, de fabricants de parfums, d'onguents, de résines d'embaumement, des odeurs enivrantes des innombrables brasseries qui débitaient sans relâche le zith, cette bière acide dont les gens de basse extraction raffolaient, quand les nobles se noyaient avec délice dans des vins raffinés importés de ces pays mythiques qu'étaient l'Assyrie, soyeuse et complotteuse comme une chatte, la lointaine Crète, le pays du fabuleux Minotaure, l'affolante et arrogante Babylone, la belle et très intellectuelle Ninive. Par-dessus tout, flottaient les odeurs d'encens et celle entêtante de la mort à laquelle l'Égypte éternelle vouait un culte indéfectible.

Thèbes était cette odeur qui imprégnait tout, le sable des rues et les pierres des maisons, les êtres de chair et l'air qu'ils respirent. Elle était cette cité mystérieuse qui ne livrait jamais ses secrets, sauf aux grands initiés qui le payaient de leur vie au moment où Pharaon entrait dans son tombeau, dans l'éternité. Ils ne ressortaient pas et leurs graines, ainsi lavées des péchés de leurs géniteurs et des secrets de cour qu'ils détenaient, prenaient au pied levé le relais pour préparer le voyage du prochain pharaon.

Très tôt, je suis entré au temple d'Amon où j'ai appris à lire, à écrire, à compter. Grâce à la bienveillance de ce dieu tutélaire des divinités et des princes auquel le père sacrifiait sans compter, j'ai été engagé comme scribe par l'intendant du temple. J'y ai fait montre d'une réelle persévérance et d'une application encore plus tenace, tant et si bien que le grand prêtre me remarqua. Il me prit sous son aile et je suis entré dans la Maison de la Vie où j'ai appris les noms de tous les dieux passés et présents et les prières à leur adresser selon chaque circonstance de la vie. J'y ai appris les herbes et les minéraux et l'art de guérir. Plus tard, j'ai effectué un stage dans la Maison de la Mort. Cela faisait partie du cursus de la prêtrise, la vie se poursuit dans la mort et la mort est un quotidien qui ne finit pas. Pas de hiatus, les défunts ont les mêmes besoins que les vivants, il faut les satisfaire sans faillir une fois, faute de quoi leur âme est engloutie dans les ténèbres et c'est le plus grand des malheurs. J'ai appris à éviscérer les cadavres, à les embaumer selon le rang social de leur vivant et le prix que leur famille acceptait de payer, à les enduire d'onguents, à les emmailloter de bandelettes sanctifiées, à peindre leur visage sur le masque d'argile derrière lequel ils voyageront dans l'au-delà, et pour finir, à tracer de belles épitaphes gentiment élogieuses sur leurs sarcophages. J'aimais cette atmosphère de recueillement et ce que ce travail de précision donnait de ressort à l'esprit. L'embaumement suprême, qui s'étalait sur un cycle solaire entier et mettait en émoi l'Égypte et ses dépendances, était réservé au Pharaon et seul un petit groupe d'initiés savait la méthode. Je m'en suis un peu approché. Ce que j'ai appris, je ne puis le révéler, j'y perdrais mon âme.

Nous avions tous ce désir d'approcher Pharaon et de compter parmi ceux qui ont joui du bonheur de sentir une fois son regard lointain se poser sur eux mais, et je ne saurais dire pourquoi, peut-être parce que mes ancêtres venaient d'ailleurs, du Cham, et que la nostalgie me travaillait, je me suis engagé dans le corps des prêtres itinérants dont la noble mission était de parcourir l'immensité du royaume, de village en village, de temple en temple, de Pount à Megiddo, de Memphis à Gaza, pour vérifier que partout les dieux et d'abord Amon étaient adorés selon les vraies lois de la vulgate. Je délivrais à ces petits prêtres de campagne consignes et remontrances, leçons et avertissements. Je n'oubliais pas de noter le nom de ces ministres qui n'avaient en vérité de religion que l'argent, la fornication et la paresse. Je l'ai appris à mes dépens, les dénoncer est dangereux, si petits qu'ils fussent ils avaient de puissants protecteurs, souvent dans l'entourage des grands prêtres, si sourcilleux sur le rituel et l'apparat, et des nobles qui minaudaient comme des chattes en chaleur au pied de Pharaon. En désespoir de cause, j'écrivais fables et contes que le soir venu, lorsque les langueurs désarmaient la vigilance des hommes et faisaient somnoler les femmes et les enfants, je racontais au petit peuple avec l'espoir que chacun se reconnaisse et reconnaisse ceux qui savent si bien abuser de lui. Je ne pouvais rien de plus qu'amuser ces pauvres gens avec leurs propres malheurs et faire sourire ces nobles seigneurs avec leur propre vilenie. L'ironie était là, en définitive je confortais le misérable et le puissant dans leur duo tragique et odieux. J'ai découvert l'âme profonde de l'Égypte, naïve, infiniment perspicace et retorse, et comment celle-ci s'était formée dans le brassage de ces peuples innombrables venus de tous les horizons lui offrir leurs cœurs et leurs espoirs, et je m'en suis profondément imprégné. Comme je me sentais égyptien et comme je me sentais de tous ces peuples qui composaient cette grande et unique nation. Pareille magie ne pouvait se réaliser que dans ce lieu. L'Égypte était ce réceptacle toujours ouvert et Pharaon cet hôte infiniment prodigue.

Sur le tard, j'ai mis fin à mon sacerdoce et je me suis marié selon la coutume, j'ai cassé la cruche avec une belle et douce Nubienne et nous vécûmes retirés, heureux, entourés de très nombreux enfants.

C'est le pays pour lequel j'ai la plus grande nostalgie. Nous étions le centre du monde, la vie et la mort nous appartenaient et Pharaon régnait comme jamais roi ne l'avait fait avant lui et comme jamais roi ne le ferait après lui. La vie était belle et les jours doux comme le miel. L'ennemi éternel de l'homme, le temps, était vaincu, domestiqué, il n'avait de prise que sur les malheureux, ceux qui ne sacrifiaient à aucun dieu et ceux-là qui sont allés se perdre hors du regard du soleil, en ces terres par-delà la Grande Égypte.

L'histoire ne s'écrit pas à l'avance mais en l'Égypte de Pharaon, elle a été écrite une fois pour toutes et cela fut vrai des millénaires entiers. Tout cela est si loin, mais ça fait chaud au cœur de savoir qu'on vient du début du monde et qu'on a approché l'éternité. Il en va autrement dans l'Égypte d'aujourd'hui mais c'est là une autre histoire avec laquelle j'ai à voir d'une tout autre manière. Elle est balayée, et nous avec, par des vents obscurantistes qui ont désacralisé la mort et ne laissent aucun répit à la vie. Entre les deux, après un bref passage sous le sceptre des shahs persans, l'Égypte des Pharaons, mère du monde, fut grecque et païenne sous les Ptolémées, romaine et chrétienne sous les Césars, arabe et musulmane sous les califes. Après tant de grandeur, la décadence en cours, synonyme de mort absurde, est une insulte à notre humanité. Mais je le sais, et vous aussi, la résurrection est à venir.

Comment me suis-je découvert cette filiation ? Par mes lectures, et par ce je ne sais quoi qui chante dans ma tête chaque fois que j'ouvre un livre sur l'Égypte antique. Peu à peu, s'est installée en moi la certitude, une certaine croyance dira-t-on, le temps est avant tout une illusion et la mémoire une sensation fugitive.

Vous-même qui me lisez, venez peut-être d'Égypte, d'une de ses colonies ou du Pays Noir comme mes ancêtres. Nous nous sommes croisés, forcément, en ce temps il n'y avait pas tant de chemins que cela sur terre. Vous ne vous en souvenez simplement pas, ou bien la question des origines ne vous branche pas, ou bien la nostalgie chez vous a la vue courte. Il se peut aussi que ce soit la première fois que vous veniez à la vie, alors votre passé est encore devant vous. Soyez béni, votre temps vous appartient en propre, à vous seul, les vieux malheurs dont nous nous plaignons comme des rats ne vous ont pas touché et les bonheurs du passé dont nous nous prévalons comme des rois repus ne vous ont pas donné la grosse tête.

Il ne vous en coûtera rien, allez au musée ou à la bibliothèque, regardez, feuilletez, écoutez, peut-être un air se mettra-t-il à chanter dans votre tête. Si vous en avez les moyens, poursuivez, allez en Égypte, au pied des pyramides ou du temple de Memphis ou à Louxor, dans le temple d'Osiris le protecteur des morts, ou celui d'Amon Râ à Karnak ou de ce qui reste des merveilles de la Cité de l'Horizon, à Amarna, ou des bastabas de la Vallée des Rois, habillez-vous d'un pagne, couvrez-vous la tête d'un foulard selon notre coutume, oignez-vous le visage d'huile de palme ou de graisse d'oie, et croyez-moi, le temps s'arrêtera devant vous et avant que vous n'en preniez conscience votre âme se fondra avec la nôtre. Ainsi est l'Égypte, la mère du monde.

Mon deuxième repère : la Numidie

Le temps de l'errance

La dispersion s'est faite par les routes, dans la poussière et le cri des enfants et le beuglement des bêtes. La Malédiction n'a épargné personne. L'Égypte éternelle s'est disloquée, les citadelles sont tombées, les dieux sont morts en moins de temps qu'il n'en fallut pour les renverser de leur socle de granit et tout ce qui fut ne comptait plus pour rien. Les pyramides, le sphinx, l'obélisque d'Héliopolis, le temple de Ramsès II à Assouan, et toutes nos gigantesques réalisations n'étaient plus qu'un entassement de pierres et ne défiaient plus que la pesanteur et les vents de sable. Les pilleurs de tombes, les profanateurs, les carriers, les curieux en masse ne leur laissèrent aucun répit. Pire que tout, Pharaon est devenu un homme, un mortel. Les dignitaires ont tourné le pagne et, ainsi que nous le faisions pour nos dieux et Pharaon, prosternés, les mains à hauteur du genou, ils ont salué l'envahisseur, tous les envahisseurs, les Hittites, les Assyriens, les Crétois et les derniers arrivés, les Grecs au nez crochu.

Tout s'effondrait, derrière nous et devant nous jusqu'à la frontière de l'empire. Au-delà, nous attendait l'inconnu. Dieu, comme nous fûmes ballottés. J'aurais voulu renaître en d'autres lieux, mais en était-il comme l'antique et puissante Égypte qui n'aient connu que la paix, la douceur de vivre, et même l'ennui de vivre, des millénaires durant.

Nous avons poussé aussi loin que nous avons pu. La lune a tourné dans le ciel autant de fois que la vie d'un vieillard compte de jours. Déjà, les anciens parlaient par allégories, leur mémoire vacillait comme la flamme d'une bougie consumée et leur langue cherchait longtemps ses mots. Le discours devint une digression monotone et la digression un bourdonnement de mouches qui tournait à la foire d'empoigne. On ne distinguait plus le Kâ du Bâ. Le désarroi, la peur, la colère ne les quittaient plus.

Parce que la foi est de la vie quand tout va mal et qu'il n'est de genèse que tragique, ils s'inventèrent des dieux courroucés et des événements initiateurs qu'aucun homme ne pouvait entendre sans frémir et se jeter face contre terre. Pour juguler les peurs et donner un sens à la nouvelle marche du temps, naquirent de nouvelles religions, des liturgies prenantes, des rituels minutieux, et l'on vit s'élever des autels étranges et se pratiquer des sacrifices insensés. Et des promesses d'éternité en pet de lapin furent offertes à qui voulait rejoindre le troupeau et offrir un cou au sacrificateur. La religion avait perdu la force qui avait élevé Pharaon au rang de dieu immortel et stoppé le temps dans sa terrible et inexorable course. Elle n'était plus qu'un calmant au déferlement angoissant des jours.

Mes ancêtres s'installèrent au centre de ce pays que plus tard on appela la Numidie. On l'appela aussi tantôt Libye, tantôt Mauritanie, selon que son centre se tenait là ou là, plus à l'est, plus à l'ouest, et il fut des temps obscurs où on disait simplement : là-bas, l'occident, l'Afrique. Ils se regroupèrent et formèrent une tribu et avec le temps les tribus éparses se rassemblèrent et formèrent des peuples. Ainsi vont les choses, on palabre pour s'aider à passer les jours, à se reposer de ses peines, puis on échange des rêves et des amabilités et l'on se construit un avenir commun.

Il nous est resté quelque ingéniosité de notre antique savoir, de la fierté aussi de notre grandeur passée, et de la sorte nous avons survécu. Une économie agro-pastorale et quelques agglomérations virent le jour. Ce n'était pas le paradis mais pour nos ancêtres ça y ressemblait, ils en avaient tant vu au cours de l'exode. Les brigands, les maladies, les accidents, la faim, les fauves n'étaient rien devant les dissensions internes qui sans cesse et plus sûrement mettaient en péril le devenir de la tribu. Où aller, qui décide de la direction, étaient des questions qui revenaient les harceler à chaque halte. Le soleil dardait, les vents de sable brouillaient le ciel, l'eau manquait, la nourriture était un délire insatiable, il fallait encore maîtriser les plus fous d'entre eux et se garder de soi-même.

Longtemps, des siècles entiers, ils habitèrent la tente et cultivèrent de maigres lopins. L'idée d'ériger des villes, des forteresses, des monuments et de tracer des routes ne vint jamais les remuer, comme si leur mémoire avait gardé intact le souvenir du désastre qui avait frappé les grandes et invincibles cités d'Égypte, au temps de la Malédiction, et celui de leurs habitants humiliés, dépossédés, balayés par les envahisseurs. Qui n'a rien ne craint rien, semblait dire cette terre aride et ennuyeuse, et combien fascinante dans sa solitude sans âge. Les bras leur en tombaient. Pourtant, chaque soir ils rentraient le troupeau en comptant chaque tête, se tenant toujours prêts à fuir, plus loin, plus haut. L'insécurité et l'inconnu s'aidant, les tribus se sont juchées sur les montagnes, vivant chichement, et regardaient les plaines avec une crainte qui ne s'est jamais résolue. L'ironie était là, leurs ancêtres avaient fait des terres basses de l'Égypte leur grenier et leur sanctuaire, et réservaient les hauteurs aux seuls morts. Le monde était bien sens dessus dessous.

En vérité, le danger était en elles, les tribus avaient pris des chemins différents, elles ne se comprenaient plus, se méfiaient les unes des autres, ne se rencontraient que lorsque les coups de sang à la tête les mettaient face à face, droites sur leurs ergots, ou les coalisaient contre d'autres tribus. Cela fit que jamais elles ne réussirent à fonder une civilisation, j'entends quelque chose de large, de puissant, qui résiste au temps, à la folie des hommes, aux invasions, et qui tourne inlassablement, imperturbablement, au profit de tous, comme le firent jadis et si longtemps les norias du Nil. Pourquoi, comment, je ne le sais pas, l'histoire donne peut-être la direction mais la géographie a le dernier mot. Je crois qu'en ce temps les grandes civilisations ne pouvaient naître et se développer qu'à proximité des grands fleuves. Il n'est rien de plus troublant dans l'immensité minérale que ces colosses sans fin qui sans cesse s'en vont sans bouger, dans le fracas ou le plus doux des murmures, charriant le mort et le vif, comme le temps, comme la vie. Les diviniser venait de fait dès lors que la puissance commençait à enivrer les esprits. Si le Nil, l'Euphrate, le Gange furent sacralisés, c'est bien que la civilisation sur leurs rives a atteint des cimes et donné le vertige aux hommes.

Rien de tel sur toute l'étendue de la Numidie, quelques rivières, quelques fleuves vaguement menaçants, quelques mares, que l'été buvait d'un trait avant de s'installer dans sa longue sieste. Forcément on prend le pli, l'année se déroulait en deux temps, l'hiver qui vient et part en coup de vent, durant lequel on colmate ce qu'on peut, et l'été qui emporte tout dans sa léthargie.

Il est une loi, ce que l'on ne fait pas soi-même d'autres viendront et le feront à notre place et nous regarderont comme indésirables. L'histoire a deux portes, la monumentale par laquelle s'invitent les conquérants et les bâtisseurs d'empires, et une petite, dérobée et branlante, par laquelle disparaissent les perdants et les oisifs. On n'échappe pas à l'histoire sauf à se réfugier dans une île microscopique ou au plus profond d'une forêt vierge. Or la Numidie était sous le soleil, sur la route du nouveau monde comme l'histoire allait bientôt le montrer.

Le monde changeait à grande vitesse, des empires s'effondraient, des empires naissaient, des empires s'enchevêtraient tels gigantesques écheveaux de pieuvres, tout cela dans d'immenses fracas, mais rien n'arrivait à nos oreilles. Les hommes regardaient paître les moutons, la tête dans les nuages, et les femmes cardaient la laine en pensant mollement aux enfants à venir. Et les anciens se mouraient de vieillesse et d'ennui, n'ayant rien à léguer, rien à promettre.

Le temps des légendes

La légende commence où s'arrête l'histoire et, pour nous, cela faisait longtemps que l'histoire nous avait abandonnés. Peut-être aussi avons-nous trop attendu notre heure et le répit nous avait-il scié les jambes. Nous ne faisions rien d'autre que vivre sur nos ruines en rêvant de ce qui fut dans un ailleurs oublié et à ce qui serait un jour si le monde venait à passer par-là.

En vérité, nous étions prisonniers de la fantasmagorie. Les légendes couraient comme fourmis autour d'un cadavre. Les dieux ne manquaient pas, on attrapait ceux qui passaient dans le ciel, on en inventait, on empruntait aux uns, aux autres, on les mariait avec de belles déesses que l'on tirait de la coiffe, on les divorçait aussitôt et l'on se partageait la progéniture dont on faisait de nouveaux dieux plus redoutables, tant et si bien qu'au bout du compte on ne reconnaissait plus les siens et on ne savait comment se défaire des faux dieux. Organiser sa mythologie n'est pas mince affaire, la matière est changeante, fantasque, insaisissable. Nos journées étaient creuses et plus qu'assommantes, mais nos soirées autour du feu longues, trépidantes, pleines de mystères. Je me demande qui des dieux ou de nous tirait plus de profit de ce fastidieux procès. Je crois que c'était l'âge d'or des chamans.

Nous avions à notre disposition tous les dieux passés et présents, les numides, les maures, les grecs, les égyptiens, les hittites, les chaldéens, les mèdes, les mitanniens, les israéliens, et ceux de ces peuples en devenir et ceux qui étaient en voie d'effacement. À quelques siècles près, nous avons manipulé les mêmes dieux, nous les avons crédités des mêmes pouvoirs, nous les avons trompés de semblable manière et ils nous ont châtiés avec la même vieille cruauté de toujours : Athéna, Nît, Antée, Antiwey, Poséidon, Atlas, Hash, Amon, Aton, Baal Hamon, Tanit, Assur, Ishtar, Astarté... Il n'est pas une légende que nos ancêtres n'aient accueillie à bras ouverts et enrichie avec verve et ténacité.

Le monde était semblable à lui-même, seuls les noms changeaient. Les peuples sont ainsi, moutonniers et arrogants, ils ne voient guère au-delà de leurs dieux qu'ils puisent dans l'escarcelle commune avec l'air d'avoir la main heureuse. Souvent, sans le savoir, ils avaient aussi les mêmes rois, pharaons, princes, reines, seigneurs de guerre, la même lointaine capitale d'où leur arrivaient les pulsions qui les agitaient en différé, et recouraient d'instinct aux vieilles recettes des origines. La Méditerranée était cette mare dans laquelle barbotait l'humanité de la plus curieuse et la plus tragique des manières.

Au pic des fièvres, ils se souvenaient, mais comme d'une affaire lointaine et peu vraisemblable, que certains des leurs, des tribus entières, les Lebus, les Mashawashs, avaient émigré en Égypte, bien avant la Malédiction et l'exode des Égyptiens en Numidie, lors des toutes premières dynasties pharaoniques, et y auraient rencontré la fortune. Ils se découvraient ainsi avec ébahissement et ravissement comme étant les fondateurs de la fabuleuse Égypte. Ils se seraient imposés par le bâton et la ruse à ces pauvres aborigènes qui cherchaient leur nourriture dans les immondices et le repos dans l'errance. On dit que ces tribus aventureuses étaient conduites par un chef de guerre ayant pour nom Mesher et un autre qui lui aurait succédé ayant pour nom Meghiey. On parle aussi d'un Berbère de la tribu des Mashawashs qui serait devenu pharaon, parmi les tout premiers, à l'aube des dynasties thinites, sous le nom de Sheshonq Ier. Faut-il y croire ? Je crois en effet avoir lu cette histoire-là sur un bas-relief du temple d'Amon à Karnak, en ce temps de ma première naissance alors que, procureur itinérant, je parcourais le pays de ville en ville, de temple en temple, pour m'assurer que les dieux étaient honorés selon les vraies lois de la vulgate. Ma nostalgie pour l'Égypte aurait donc ces raisons : je suis né en Égypte, à Thèbes, la ville de Pharaon, et cet empire inégalé aurait été fondé par mes ancêtres numides. Le cercle est fermé, d'une manière curieuse certes, mon père et ses pères et sa tribu venaient du Cham, le Pays Noir, mais l'histoire n'a rien de linéaire sur l'étendue, c'est dans ses imprévisibles tournants et dans ses méandres oubliés que l'on se découvre.

C'est dans cette région du monde, au nord de l'Afrique, la Numidie, que j'allais renaître et mourir plusieurs fois de suite. Les Berbères, auxquels s'était mêlé le tout-venant des résidus d'empires, étaient installés dans leurs tribus et ce qu'ils croyaient être leurs nouvelles coutumes et, somme toute, le cours des choses allait son vieux train, au rythme saccadé des saisons. Le temps aidant, ils avaient fini par croire que le monde était achevé et qu'il n'y avait plus rien à attendre, plus rien à craindre.

Le temps des invasions

Puis commencèrent les invasions et jamais elles ne cessèrent. Elles furent si nombreuses que l'on ne se souvient que des plus radicales. Pour cela peut-être, j'ai une grande nostalgie pour ce temps, nous étions comme des enfants, aveugles de frayeur et tout à coup pleins d'espoir. L'histoire a besoin de matière, de choses concrètes que l'on dispute aux autres pour les façonner à sa manière, les voilà enfin à portée de main. Qui ne va vers le monde, verra le monde venir sur lui. Envahir la Numidie fut chose facile, nous étions accrochés à nos cimes et ceux qui nous venaient par les mers ou par les terres, armés jusqu'aux dents, avançaient à travers les plaines et les défilés et probablement riaient sous cape de nous voir si vigilants là-haut.

En vérité, toutes sortes de rumeurs avaient précédé leur soudaine apparition. On les aurait vus passer en mer, on aurait vu leurs navires s'amasser dans l'ombre de quelque promontoire, on aurait aperçu des marins sur des embarcations légères sonder les criques, on aurait vu des patrouilles débarquer en bon ordre et ériger rapidement des palissades autour des bivouacs, on aurait croisé des étrangers bizarres, des chameliers sans faix, des pèlerins sans tam-tam ni flûte, aller de-ci de-là avec l'air de compter les hommes et les bêtes et d'apprécier la solidité des murs, mais cela faisait longtemps que les tribus n'accordaient aucune créance à ce qu'elles se rapportaient les unes les autres. On se moque quand on ne croit pas. De tout cela, on a fait des contes pour s'émerveiller et tiré quelques motifs pour se méfier de son voisin.

On disait les Berbères, les Numides, avec

l'idée de faire court sans doute, mais les gens du cru, qui avaient oublié les noms qu'ils s'étaient donnés au temps de l'exode, les Imazighen, les Hommes Libres, les Fils de la Terre, se donnaient déjà tant d'autres noms, les Massyles, les Masaesyles, les Gétules, les Lebus, les Mashawashs, les Micatanes, les Bavares, les Maxitanis, les Isaflensens, les Iasaflensens, les Jubalenis... Ils s'étaient déclinés à l'infini au point qu'est arrivé le temps où d'aucuns ne sachant à quelles tribus se vouer s'en sont allés nomadiser dans l'immense désert où ils fondèrent des empires ambulants, tel celui de l'Ahaggar sur lequel régnait la très mystérieuse Tin Hinan ou celui des Mandingues qui pérégrinaient comme des forçats le long du fleuve Niger. On pouvait tout imaginer et finir par y croire. Peut-être ont-elles rejoint le Cham, mon pays d'origine, ou l'Abyssinie ou plus loin les vastes forêts vierges de l'Afrique. Je vous le disais, si on y regarde, son pays est partout dans le monde. Ils se sont divisés à l'infini mais sont restés identiques à ce qu'ils étaient, naïfs et ignorants, se vêtant de la même laine grossière, se nourrissant de viande boucanée, de bouillie d'orge arrosée de lait cru, et de fruits cueillis au hasard des marches. À la tête des tribus se tenaient les aguellids, les chefs, que l'on reconnaissait à leurs atours et à l'air pénétré de leurs cortèges. Le temps les a effacés, par ennui, par inadvertance, mais certains eurent un destin grandiose et malgré les omertas des régnants, plus pressantes aujourd'hui que jamais, leurs noms synonymes de liberté et d'honneur brillèrent et brillent encore au fronton de l'histoire. Deux tribus allaient faire parler d'elles parmi les puissants du monde, celle des Massyles à l'est et celle des Masaesyles à l'ouest.

L'histoire, qui en fin de compte nous avait laissé en mémoire plus de douleurs que de blessures, nous avait rattrapés pour nous en infliger de nouvelles. Comme le roulement de tonnerre survient après l'éclair, le mal arrive après le choc et parfois si longtemps après qu'on y voit un nouveau coup des dieux. La surprise fut grande mais je crois que nous étions prêts à faire honneur à l'histoire même si, une fois de plus, elle allait nous perdre.

Dans une première phase d'un millénaire, il y eut les Phéniciens, les Carthaginois, les Romains, les Vandales, les Byzantins. C'était l'époque héroïque. On peut le voir comme ça à partir d'ici, la nostalgie incline à la tolérance et au merveilleux, et, après tout, on a bien le droit de se grandir un peu face à la fatalité.

C'est par le rêve et l'imagination que l'on peut sonder le passé lointain et c'est bien ainsi, nos lointains descendants oublieront nos misères et nos mesquineries et nous verront avec des yeux pleins d'enthousiasme.

Le temps des marchands

Ma mémoire égyptienne ne sait que penser de ces gens, les Phéniciens, qui plus tard, après leur installation sur les rivages humides, se sont eux-mêmes appelés les *Carthaginois*. Je crois me souvenir que nous les regardions comme des trouble-fête, des gens peu dignes de confiance, comme l'étaient clairement leurs voisins cananéens qui professaient de drôles de théories et les Khabiris qui gîtaient comme des vautours au sud de l'Assyrie. Leurs terres s'étendaient le long de la rive orientale de la Méditerranée, au nord du pays des Hébreux. Nous les appelions *les adorateurs de Baal* et en toute circonstance nous leur faisions sentir combien ce dieu était un faux dieu. Las, ils étaient indispensables à l'économie du royaume, ils le fournissaient en bois d'œuvre, en essences rares et autres marchandises qu'ils ramenaient à pleines amphores de leurs pays, Sidon, Tyr, Simyra, Byblos, Héliopolis, et plus loin. À la vérité on se doit et, on le reconnaissait volontiers, ils étaient d'excellents architectes de bateaux et des navigateurs hardis et opiniâtres. Pharaon et son armée ne savaient se passer de leurs services. Ils nous faisaient rêver, nous, les petits grouillots, qui faisions voguer sur le Nil de pauvres coques faites de lanières de jonc tressé. De vrais marins, des aventuriers plus aptes au mauvais coup qu'à la bonne entente, des conspirateurs nés qui savaient tout traduire à leur profit. Ils cabotaient comme bon leur semblait, n'avaient peur de rien, ni des monstres des abysses, ni de la folie des vents, ni de la colère des dieux, courant de port en port, approvisionnant les uns, trompant les autres, colportant nouvelles et alarmes, amassant des fortunes grâce auxquelles ils achetaient libéralités, appuis et titres auprès des rois et de Pharaon. Partout, on les attendait avec impatience et crainte, et jamais il n'en fut autrement.

Ils naviguaient de Tyr à la Canée, de Gaza aux Colonnes d'Hercule et jusqu'aux îles aux Chiens dans le grand océan, où, se disait-on, s'était secrètement formée une secte berbère, échappée d'Égypte lors des grands pogroms de la période Aton, donnant à Anubis, le dieu à la tête de chacal et gardien des sépultures, la première place dans le panthéon, et pratiquant des rites que l'on qualifierait aujourd'hui de sataniques sans autre forme de procès. D'où probablement le nom d'îles aux Chiens qui plus tard, lorsque les dieux perdirent de leur acuité et que le vin devint l'industrie principale des lieux, s'appelèrent les îles Fortunées, puis les îles Canaries. Je me demande ce que la population berbère actuelle de ces îles a gardé de cette science noire. Il n'était pas de port de la Méditerranée sur lequel ces Phéniciens ne déversaient leur camelote, qu'eux seuls savaient dénicher, avec des histoires abracadabrantes et des contes à tomber d'effroi qu'ils servaient à la sauce locale dans les tavernes et les bordels de tous les ports. Quels comédiens, on les écoutait de toutes ses oreilles pendant qu'ils s'enivraient à l'œil et se réjouissaient à quatre mains avec les femmes béates d'admiration.

Ma mémoire numide les voit sous un autre jour. Rappelons-nous qu'ils se sont donné ce nom de *Carthaginois* depuis qu'ils se sont implantés dans la presqu'île de Carthage, à présent une station balnéaire fameuse peuplée de touristes scandinaves besogneux et disciplinés servis par les tout derniers descendants des Phéniciens, quelques Arabes aux yeux perçants et des Tunisiens tout ce qu'il y a de G. O. Pourquoi, comment, je ne sais, probablement que la rébellion insensée des Hittites contre Pharaon, manigancée par leur roi, le cruel Aziru, aidés en cela, secrètement mais activement, par les Mitanniens, les Babyloniens, les Assyriens, les Nubiens, les Khatis, et toute une racaille de francs mercenaires, avait créé une telle insécurité sur les routes, tant accru l'impôt des États ainsi que le niveau des rançons, des franchises et des passe-droits, que le commerce régional s'est effondré, les forçant à quitter leur pays, la Phénicie, sous la direction de leur reine, la belle et cupide Didon. Ils trouvèrent leur bonheur à Carthage où ils prospérèrent en deux temps trois mouvements, rachetant les butins de guerre des uns, les revendant aux autres, spéculant sur le grain et le vin, indispensables aux armées en marche et ressorts essentiels de la politique, créant la pénurie aux points névralgiques et jouant partout l'intox pour faire monter les prix. La guerre du Moyen-Orient, longue, terrible et brumeuse, qui les avait ruinés là-bas les enrichissait ici, sans risque aucun. Ainsi sont les Phéniciens, des félins qui retombent sur leurs pattes, et leurs descendants directs, les Libanais, en ont gardé quelques talents qu'ils exercent avec bonheur à travers la planète.

En découvrant la Numidie, qu'ils fouillèrent dans les profondeurs, ils jouèrent un rôle qui allait imprimer à l'évolution de la région une tout autre direction que celle que ses pesanteurs, ses lacunes, son isolement, son émiettement lui laissaient à voir. Il en est sorti autant de merveilles que de cauchemars. À la vérité on se doit, ce sont les Phéniciens qui développèrent l'économie de la Numidie et lui donnèrent conscience d'elle-même et sans doute de son destin. Ils avaient le négoce dans le sang, et l'art des langues. Ils étaient partout, achetant, vendant, organisant des foires, négociant des traités, les droits de douanes et autres prélèvements, formant des réseaux de commis, d'intermédiaires, fondant des maisons de gros, des succursales, participant aux bonnes œuvres locales lorsque leur intérêt le commandait. Ils excellaient dans les affaires matrimoniales, trouvant toujours la belle Carthaginoise qu'il faut aux princes numides qu'il faut, les témoins et garants les mieux indiqués, et la bonne formule dans la rédaction des contrats de mariage. Quand ils perdaient au change, c'est qu'ils y tenaient absolument. Ils avaient une façon de tourner la tête telle que, voyions-nous, les tromper était un jeu d'enfants. Ils n'oubliaient jamais de se comporter en parrains affectueux à l'endroit de la nouvelle progéniture et très tôt prenaient option pour leurs noces avec des gamines de bonnes familles carthaginoises. Nous avons beaucoup appris à les voir faire. Devant eux, nous étions comme des enfants, craintifs et tout à coup pleins de curiosité. À leur contact, l'establishment numide naissant et encore très grossier se fit des ongles et des dents.

Carthage, ville de marchands et de marins richissime, pouvait maintenant faire de la politique et prétendre à la puissance. Ce qu'elle fit avec les conséquences que l'on sait. Quelque part, au nord de la Méditerranée, un mastodonte qui s'était répandu dans le monde et l'écrasait de son poids regardait cela avec amusement, en hochant la tête : Rome.

En peu de temps, Carthage devint la capitale d'une république, une nouveauté pour ce temps, une puissance maritime solidement ancrée dans ses possessions, à l'est de la Numidie, en Sicilla, en Ibérie, aux îles aux Chiens et plus loin, et partout ailleurs présente grâce à ses emporia. Au sommet de la hiérarchie se tenait le Suffète, une sorte de dictateur qui concentrait dans sa main les pouvoirs d'un roi proposé par l'armée et les attributions d'un magistrat élu en séance publique par un collège de juges. Les arts se développèrent et la cité s'embellit à l'abri de ses formidables fortifications, ce qui va aisément quand l'argent coule à flots et que l'avenir se présente sous les meilleurs auspices. Carthage était une belle entre les belles. Comme j'aimerais la revoir, goûter encore à son vin et admirer ses coquines de filles.

Mes souvenirs sont troubles. En ce temps, je venais de renaître à la vie, pour la troisième ou quatrième fois, j'étais un enfant, un pauvre berger qui ne connaissait que ses moutons et quelques voleurs de bétail incorrigibles que je chassais à coups de fronde et de méchants mots. J'ai trouvé la Numidie en pleine gabegie, le désordre était à son comble, la misère affligeante, les divisions tribales plus insolubles que jamais. Au village, quelques maisons éparpillées dans la poussière et un vague temple habité par mille et un dieux, on parlait de guerre, mais de quelle guerre, la léthargie ne laissait de répit à personne. Les vieux se réunissaient pour se réunir, ça tournait à la cérémonie, et les jeunes les écoutaient en se mordant les dents. Ils pointaient du doigt Siga, on accusait ce maudit Syphax qui ne cessait de comploter pour asservir les Massyles, écraser leur roi Massinissa et s'emparer de sa capitale Zama. Le lendemain, ils juraient le contraire, on pointait du doigt Zama, on accusait ce fourbe de Massinissa qui ne cessait de comploter pour asservir les Masaesyles, écraser leur roi Syphax et s'emparer de sa capitale Siga. On soutenait que Carthage et Rome, que personne ne savait situer, réglaient leurs comptes par Numides interposés — les Massyles se battant pour Rome, les Masaesyles pour Carthage, et inversement, les alliances se faisaient et se défaisaient plus vite que ça — et que la guerre entre les tribus n'était que façon pour Rome et Carthage de les aguerrir avant de les relancer contre l'ennemi véritable. On incriminait les autres clans, les Gétules, les Maxitanis, les Micatanes, les Bavares, qui avaient signé avec l'un, avec l'autre, et guerroyaient tout autant entre eux, par habitude, pour de menus larcins, pour laver de vieux affronts, pour en créer de nouveaux. Impossible de se faire une idée de l'échiquier et de dire à quel jeu jouaient les rois et les aguellids. Le désarroi, la peur, la colère ne les quittaient pas. J'ai grandi dans cette atmosphère, une léthargie sans repos sur fond de guerre totale. Ce n'est que plus tard, bien plus tard, que j'ai commencé à comprendre.

Le temps des héros

C'est la nostalgie que j'ai de ce temps qui m'a permis de combler les trous et de mettre de la vie là où tout me semblait mort et de la lumière là où nos oublis avaient installé l'obscurité. Il n'est rien de plus navrant, et de plus attendrissant, que ces peuples que l'histoire vient soudainement réveiller et jeter dans l'arène. Comme ils se montrent arrogants tout à coup et comme ils sont adorablement pataud, recevant les coups avant de les voir arriver. On tremble pour eux, on aimerait les encourager et, à la fois, on voudrait calmer leurs ardeurs. Mais voilà, nous sommes venus longtemps après leur disparition et notre mémoire a cultivé l'ingratitude, nous ne savons rien, ou si peu, des dangers qu'ils ont affrontés, trop grands pour leurs poitrines, et des souffrances infinies qu'ils ont endurées pour nous transmettre la vie.

Écoutez-moi vous raconter Massinissa. Nous lui devons tant. À elle seule, son épopée résume ces trois horribles guerres, appelées les guerres puniques.

Il s'appelait Massinissa, fils de Gaïa, il était roi des Massyles et son trône se tenait à Zama. Il était jeune, il était beau, il était agile comme un chat, rusé comme un singe, fort comme un lion. Il a tout connu, les plus grandes défaites et les plus grandes victoires. À la tête de ses troupes, ces fameux cavaliers nomades qui ont soulevé toute la poussière de la Numidie, il a sillonné l'Afrique et l'Ibérie, Carthage et l'Italie. Il fut proscrit, honoré, et encore proscrit et encore honoré. Au terme de sa vie mouvementée, célébré dans tous les pays de la Méditerranée et aimé des siens qu'il avait rassemblés en un seul peuple, il formula ce vœu en forme de cri resté célèbre, *l'Afrique aux Africains*, qui à ce jour n'est pas réalisé dans les faits, pas comme il le voyait, l'Afrique est bien aux Africains mais ses rois et ses raïs ont placé ses richesses en Amérique et leurs enfants les dilapident en Europe.

Jamais partie d'échecs politique et militaire ne fut plus intense, plus complexe. Il n'est pas d'historien capable de la déchiffrer de bout en bout. Foin des livres académiques, ils déforment tout. Il avait raison celui-là qui a dit : *l'Histoire est le plus solennel des mensonges et le plus enfantin des leurres*. C'est Huysmans, je crois. En dénommant ces guerres, les guerres puniques, au lieu de guerres numides, ils ont impudemment déplacé le cœur de l'affaire. C'est en Numidie qu'elles se sont déroulées ! Il y eut de longues et d'abominables batailles en Ibérie, en Gaule, en Sicilla, en Italia, certes, mais ça ne change rien, l'enjeu était la Numidie. Rome ne craignait pas tant Carthage que l'empire qui pouvait naître de la fusion de Carthage, petit territoire excentré, et de l'immense et turbulente Numidie qui s'étendait de l'Atlantique à la Cyrénaïque.

Lire l'histoire ne suffit pas, il faut chercher en soi et imaginer. Considérez Rome, Carthage, Zama, Siga, toutes quatre au fait de leur puissance et autant avides de territoires l'une que l'autre. Pensez aux ambitions phénoménales que pouvaient nourrir les acteurs : les Numides, Massinissa roi des Massyles, Syphax roi des Masaesyles et Vermina fils et successeur de son père Syphax ; les Carthaginois, le suffète Asdrubal et le général en chef Hannibal ; les généraux romains Scipion l'Africain et Scipion Émilien, et le censeur Caton l'Ancien qui osa cet appel insensé qu'il ne cessait d'aboyer au sénat de Rome : *Il faut détruire Carthage* ! Entendez par-là qu'il voulait empêcher Cirta, la nouvelle capitale des Massyles, devenue la puissance montante, de faire un jour main basse sur Carthage et de se retourner contre son allié, Rome. Pensez à ce que des femmes de haut rang, telle la belle, l'énigmatique et ambitieuse Sophonisbe — fille d'Asdrubal, promise de Massinissa depuis leur enfance, mariée par calcul de dernière minute à ce vieux dur à cuire de Syphax, qui aimait à jouer au petit soldat auprès de son père et de son époux —, aient pu suggérer de folles décisions. Elle en paya le prix de sa main, en se suicidant sous le regard de son amour de jeunesse Massinissa et de Scipion, les vainqueurs de son père et de son mari. Imaginez les coalitions d'un jour, les traîtrises répétées, les vieilles zizanies berbères qui avaient tissé des haines inextricables, les stratégies alambiquées, les médiations qui occultent le fond, les retournements d'alliances, les caprices du climat, et tout ce que la diplomatie secrète sait engendrer d'obscurités et de fausses pistes, et vous aurez une idée de ce que fut ce temps qui dura cinquante longues années. Ajoutez les influences néfastes des marchands qui accouraient de toute la Méditerranée comme vautours assoiffés, prêts à boire le sang de toutes les veuves et de tous les orphelins qu'ils trouveraient sur leur chemin. On se souviendra des éléphants d'Hannibal traversant les Pyrénées et les Alpes, jusqu'à Rome, et combien ce spectacle jamais vu dans l'histoire a pu frapper les esprits de ces peuples traumatisés.

Massinissa, soutenu par Scipion, a vaincu la puissante coalition d'Asdrubal et de Syphax, et ainsi la Numidie put enfin réaliser son unité, sous le regard inquiet de Rome, et s'ouvrir pleine et entière au monde.

Relisons un passage du récit que Tite-Live fit de la fameuse bataille de Zama qui opposa les alliés Massinissa et Scipion à la coalition formée par Hannibal et Syphax, et vous aurez une idée de ce qu'était le jeune guerrier Massinissa. En ce temps, Gaïa, son illustre père, *maître des princes et des cités*, régnait sur le royaume des Massyles.

Un combat singulier s'engage entre Massinissa et Hannibal. Hannibal pare un javelot avec son bouclier et abat le cheval de son adversaire. Massinissa se relève et, à pied, s'élance vers Hannibal, à travers une grêle de traits, qu'il reçoit sur son bouclier en peau d'éléphant. Il arrache un des javelots et vise Hannibal qu'il manque de peu. Pendant qu'il en arrache un autre, il est blessé au bras et se retire à l'écart. Sa blessure bandée, il revient dans la mêlée sur un autre cheval. La lutte reprend avec un nouvel acharnement, car les soldats sont galvanisés par la fougue de leurs chefs. Hannibal voit ses soldats fléchir peu à peu, certains s'éloignent du champ de bataille pour panser leurs blessures, d'autres se retirer définitivement. Il se porte partout, encourage ses hommes, abat par-ci par-là ses adversaires, mais ses efforts demeurent vains. Désespéré, il ne pense qu'à sauver les restes de son armée. Il s'élance en avant, entouré de quelques cavaliers, se fraie un chemin et quitte le champ de bataille. Massinissa qui l'aperçoit se lance à sa poursuite avec son groupe derrière lui. Il le presse et malgré la douleur que lui cause la blessure de son bras, car il brûle de le ramener prisonnier. Hannibal s'échappe à la faveur de la nuit dont les ténèbres commencent à couvrir la nature...

Ses exploits ont nourri l'imaginaire de générations de Berbères, et encore aujourd'hui que la Numidie est retournée à ses vieux démons : la division, les querelles, les haines inextricables, insatiables, le culte de la violence sous la houlette de potentats grossiers et avides et de sorciers fanatiques.

Retenez que Massinissa a unifié la Numidie et réussi le miracle de sédentariser les Berbères et de les éloigner de leurs vieilles folies. Il fit de Cirta une grande capitale et dota le royaume de solides institutions inspirées de celles de Rome et de Carthage. Il constitua une armée régulière et une flotte et fit régner l'ordre tant dans les terres que dans les eaux territoriales, rabaissant pour le coup le caquet des aguellids. Il fit frapper une monnaie ayant cours dans tout le royaume, donnant par-là des ailes à son économie. Politicien avisé, il signa un traité d'amitié avec Rome et le respecta sa vie durant. Homme de goût et d'ouverture, il fit enseigner dans sa capitale les langues grecque, latine et punique au côté de la langue berbère, le tamazight. Il encouragea les arts et les lettres et ouvrit sa cour aux savants étrangers et il envoya ses enfants étudier à Rome, puis en Grèce qu'il admirait par-dessus tout. Il faisait bon vivre en ce temps. Après plus de deux mille années d'errements, la Numidie était née et son peuple savait à qui il le devait.

Massinissa fauta sur la fin de sa vie, lorsqu'il se prit de vouloir annexer Carthage pour en faire sa capitale. Un caprice de vieillard qui coûtera cher. Rome, qui se doutait que telle idée lui viendrait un jour, le lui refusa net. L'appétit venant en mangeant, l'annexion de la puissante Carthage ne pouvait manquer d'éveiller en lui ou en ses successeurs l'envie de se retourner contre Rome. Ainsi pensait le prévoyant et très cynique Caton lorsqu'il fit cette terrible déclaration : *Delenda Carthago*. Et Carthage fut rasée après un long, et le plus terrible siège de l'histoire, durant lequel les Carthaginois, nos voisins, nos chers vieux ennemis que nous avons encore poignardés sur ce coup, furent admirables. Ils étaient de grands marchands, ils se révélèrent de formidables guerriers, ils finirent comme des seigneurs, ayant choisi de mourir comme esclaves plutôt que de vivre comme vassaux.

Carthage fut reconstruite et elle brilla d'un grand éclat sur toute la Méditerranée. Juste retour des choses, ce que l'histoire sait faire de temps en temps, elle devint la capitale de la très prospère Afrique romaine, lorsque, après la mort de Massinissa, Rome annexa la Numidie. Plus tard, la nouvelle religion de Rome, le christianisme, la fera briller de feux encore plus vifs.

Le temps des héros allait bientôt s'achever. Massinissa en restera la figure emblématique. Un autre temps s'ouvrait, on en sentait les frémissements, on entendait les grondements souterrains de cette vieille Numidie qui avait si longtemps préféré l'errance et la frugalité de la vie nomade à la richesse et la mollesse de la vie sédentaire. Elle était devant un nouveau choix : entrer dans le monde et s'y tailler une place ou le refuser et disparaître.

Le temps des résistants

Les dieux qui font et défont le monde, les héros qui font et défont les empires, comptent moins que les résistants dans le cœur des hommes. Ceux-là sont au plus près de notre nostalgie, ils disent le combat éternel pour la liberté.

Aucun homme de ce temps ne l'a mieux illustré que Jugurtha. Il avait de qui tenir, il était le petit-fils de Massinissa. Patriote entier et ombrageux, et parfois cruel, il entendait poursuivre l'œuvre de son illustre prédécesseur et s'émanciper définitivement de l'imperium romain. Sitôt intronisé, il déclara la Numidie indépendante et exhorta les Berbères à retrouver leur amour sans partage de la liberté. Mal lui en prit, Rome ne se connaissait que des vassaux et de rares rebelles sur la tête desquels elle déversait le déluge et qu'elle crucifiait aussitôt capturés. Ainsi finit Jugurtha, enchaîné, exposé dans les rues de Rome puis jeté dans la fosse où il périt comme un chien aveugle, cela après mille batailles épiques livrées à travers toute la Numidie. L'indépendance du royaume fut courte et sanglante mais le grain était semé. Jugurtha sera un exemple pour tous les révoltés de l'empire. Le Gaulois Vercingétorix suivra sa voie et connaîtra le même sort. Trois décennies plus tard, Spartacus qui comptait de nombreux Berbères dans son armée d'esclaves entendra parler de Massinissa et sans doute de Vercingétorix. Je veux croire qu'il en a frémi d'émotion.

Le flambeau brandi par Jugurtha fut repris par Juba Ier. Après mille batailles épiques livrées à travers toute la Numidie, lui aussi sera vaincu et mis à mort. Son fils Juba II préféra se mettre tranquillement sous l'aile tutélaire de Rome, dont il obtint la citoyenneté de la main même d'Octave, et cultiver les arts, les sciences et les lettres. Il herborisait, il organisait des expéditions savantes dont l'une, étrange désir, visait à découvrir les sources du Nil, il disputait avec les plus grands savants de l'époque et il a écrit de nombreux ouvrages qui furent remarqués à Rome. L'art grec était son péché mignon, son palais regorgeait de statues et de bibelots ramenés de ce magnifique pays. Il parlait avec une grande aisance et le grec et le latin. Avec quelque ironie sous la langue, Plutarque dira de lui : *Le barbare numide est devenu le plus fin des lettrés grecs de Rome.*

À l'instigation d'Octave, Juba épousa la fille du triumvir Antoine et de Cléopâtre, reine d'Égypte. Elle avait pour nom Cléopâtre Séléné. Comme l'histoire sait être ironique et énigmatique ! Et conséquente en l'occurrence. De Sheshonq le Numide devenu l'un des tout premiers pharaons d'Égypte à Cléopâtre Séléné, la dernière descendante des grands pharaons devenue reine numide par mariage, la boucle était bouclée, la Numidie et l'Égypte achevaient leur immémoriale liaison. Pendant ce temps, là-bas, au bord du Nil, Cléopâtre, la dernière reine de la plus longue lignée de rois que le monde ait jamais connue, se laissait mordre par un aspic et mourait avec un sourire ineffable sur le visage. Elle échappait à l'emprise de Rome et entrait paisiblement dans l'Égypte éternelle de ses aïeux.

À la mémoire de sa royale épouse égyptienne Juba fit élever une monumentale pyramide toute en rondeurs dans les environs d'Icosum (Alger), le Mausolée Royal de Mauritanie. Plus tard, on ne sait pourquoi, parce que la Numidie s'était engagée à corps perdu dans le christianisme et que cette religion monothéiste ne tolérait pas la concurrence, il sera appelé le Tombeau de la Chrétienne. Le nom lui est resté tout au long des siècles et peu à peu, dans la Numidie islamisée, il perdra son identité et ne sera à l'instar de nos immenses réalisations d'Égypte qu'un entassement de pierres n'ayant à défier que la pesanteur, les vents de sable et les touristes en masse. Le souverain installa sa capitale non loin du monument, à Iol, l'actuelle Cherchell, rebaptisée Caesarea en l'honneur d'Auguste, et jusqu'à sa mort, pas un jour il ne manqua de s'y rendre pour saluer l'âme de la défunte. Il y avait bien de l'égyptien en lui. Son règne fut l'un des plus calmes et des plus prospères qu'ait connus la turbulente et intraitable Numidie. On lui en saura gré mais on lui reprochera d'avoir mis son armée au service de Rome pour écraser des tribus berbères sœurs qui s'étaient soulevées contre l'ordre étranger. La plus célèbre et la plus meurtrière des insurrections fut conduite par un ex-centurion nommé Tacfarinas.

Comme nombre de jeunes Berbères, attirés par l'aventure, le prestige de l'uniforme et le faste romain, le jeune Tacfarinas s'était engagé dans l'armée romaine où il fit montre de qualités qui suscitèrent l'admiration de ses chefs. Il était brave et infatigable. Il prit du galon, mena joyeuse vie en Numidie et partout où le conduisirent ses campagnes militaires, mais au fond de lui il supportait de moins en moins le comportement des Romains à l'égard des peuples soumis. Il se sentait humilié de voir les siens, les Berbères, qui ne manquaient jamais de se flatter de leur virilité, de se clamer Imazighen, les Hommes Libres, les Fils de la Terre, être parmi les premiers à courber le dos devant la force. À la suite de je ne sais quelle goutte de trop, il déserta, leva une troupe et bientôt il fut rejoint par des multitudes, des nomades, des paysans dépossédés, des esclaves, des galériens, des renégats, des déserteurs, des bandits de grands chemins, et même de jeunes princes qui préféraient la mort rapide des champs de bataille à la lente dégénérescence dans la douceur des palais. De fiers Gaulois, des Ligures, des Lémovices, et de farouches Ibères, eux aussi en butte aux Romains dans leurs pays, l'ont rejoint et ont apporté à son panache un je ne sais quoi de fou qui enragea Rome. Face aux armées romaines et leurs supplétifs numides contre lesquels il ne pouvait rien, Tacfarinas inventa une nouvelle façon de faire la guerre, la guérilla. Elle correspondait bien à l'esprit des nomades, elle entrera dans les mœurs. Il assenait un coup ici et disparaissait comme fumée sous le vent pour aller en assener un autre ailleurs. On a vite dit qu'il avait le don d'ubiquité, des pouvoirs magiques, on le prit pour un dieu. La rébellion avait dès lors des allures de vengeance divine. Il mourut comme il avait vécu, les armes à la main, dans un traquenard comme ceux qu'il savait si bien organiser. Le rêve de liberté qu'il avait porté aux quatre coins du pays disparut avec lui. Rome renforça sa mainmise sur la Numidie et s'assura une tranquillité durable. La *pax romana* nous a engourdis jusqu'à la moelle pour un sacré bout de temps.

On voudrait revivre tout cela, apporter sa part à l'évolution du monde, à la lutte immémoriale pour la liberté, et pouvoir dire : nous sommes des leurs, nous étions avec eux. La nostalgie que j'ai de ces braves s'accompagne de ce sentiment de culpabilité dont je ne peux guérir. Il est dur, et humiliant, de n'être qu'un héritier venu longtemps après que tout a été consommé.

Le temps des mystiques

Les décennies comme les jours ont passé dans un calme étonnant. La Numidie nous avait habitués au tumulte. On a beau chercher dans les livres d'histoire et dans sa mémoire, on ne voit pas une tête dépasser l'autre. Les Romains se la coulaient douce, l'Afrique romaine s'étendait et prospérait à bon train, et les Berbères se ramollissaient à vue d'œil. Les antiques cités, Utique, Cirta, Zama, Siga,

Icosum, Carthage, Caesarea, Hippone, qui en avaient tant vu, se sont développées et ont embelli, dépassant en beauté les villes d'Italie, de nouvelles sont nées, Timgad, Tipaza, Taghaste, Théveste, Sitifis, Milev, Bagaï, Igilgili, et des ouvrages impressionnants apparurent dans la campagne, des routes, des barrages, des aqueducs, des stèles à la gloire des généraux romains, des fortifications, des tours de garde, et partout, sous le soleil de la Numidie, on voyait des patrouilles de légionnaires cheminant avec nonchalance et au loin d'immenses troupeaux erratiques broutant une herbe rare.

Tout allait si bien pour les Berbères romanisés qu'un des leurs, plus ambitieux qu'eux tous, réussit une carrière unique : soldat, général, empereur. Il ne lui fallut que trois sauts pour atteindre la cime. Était-ce son caractère, les circonstances l'exigeaient-elles, bref, il fut un dictateur abominable. Lui le Berbère, l'héritier de siècles de lutte contre Rome, se montra impitoyable. Dieu nous garde des affranchis ! Seule comptait à ses yeux la consolidation de l'empire. Il dépouilla le sénat de ses prérogatives, s'assura le soutien de l'armée et s'arrogea tous les pouvoirs. Il dirigea l'État d'une main de fer et fut un conquérant des plus cruels. Il réduisit ces fiers et pauvres

Parthes et fit de leur immense pays la province romaine de Mésopotamie. Il fit tout cela et ne concéda rien à son pays d'origine, pas une once de liberté. Au contraire, il nous serra la vis et un peu plus à ceux d'entre nous qui étaient de la nouvelle religion, le christianisme. Sous son règne, je n'ai pas souvenir de troubles autres que les coups de sang habituels entre tribus et quelques soulèvements à la marge vite brisés. J'ai nommé l'empereur Lucius Septimius Severus Pertinax, dit Septime Sévère. Son fils et successeur, Caracalla, ne fut pas moins dictateur mais il eut un geste pour ses compatriotes, il nous octroya à tous la citoyenneté romaine pour nous dissuader une fois pour toutes de nous rebeller contre Rome, notre pays. Et il nous mit tous au latin, et au grec pour les plus doués.

Les Berbères se fondirent dans ce nouveau monde ou le refusèrent et retournèrent à leurs vieilles traditions. Les princes et les notables se rendaient à Rome ou à Athènes comme aujourd'hui nos raïs et nos vizirs vont à Paris ou à Genève se soigner, faire des affaires, leur marché, visiter des proches, mener grande vie. Et comme aujourd'hui, les pauvres se débrouillaient comme ils pouvaient pour le temps qu'il leur restait à vivre. Il advint cette chose horrible que les derniers combats pour la liberté, menés par telle tribu ou tel déserteur, ne relevaient plus que de la simple police. Les temps avaient vraiment changé. Mais peut-être seulement prenaient-ils leur mal en patience comme leurs ancêtres ont toujours su le faire devant l'adversité, et que dans cette vie combien difficile et rebutante ils puisaient les forces de demain. Les Berbères ne sont jamais plus imprévisibles que lorsqu'ils se montrent infiniment patients. Rome le savait et renforçait sans cesse son dispositif.

Elle eut encore dans les années qui suivirent à réduire une nouvelle insurrection, menée par Firmus, aguellid de la tribu kabyle des Jubalenis. Partie de rien, une prise de bec avec quelque fonctionnaire, elle gagna toute la Numidie et fit son comptant de morts, dont le prince lui-même qui se suicida en prison. Son propre frère, Gildon, le trahit et se joignit aux Romains pour le combattre. Il savait si bien trahir, celui-là, qu'il trahit ses maîtres, les Romains, au profit des Byzantins qui lorgnaient sans gêne la riche Numidie maintenant que Rome vacillait sous son poids et sous les coups de boutoir de l'histoire. Trahi lui-même par son autre frère Mascicel, il fut arrêté et décapité séance tenante. C'était une drôle de famille.

Alors que tout rentrait dans l'ordre et que

s'approfondissait ce calme de fin de règne, soudain, des rumeurs étranges se mirent à circuler. L'esprit enflammé des Berbères s'en empara et très vite elles devinrent cause de troubles. Elles venaient de loin, ces nouvelles, du pays des Hébreux, disait-on. Un nouveau dieu était apparu dans cette vieille terre si fertile en prophètes mais n'ayant jamais professé qu'un seul et unique dieu, et regardant les dieux des autres avec le plus profond mépris. On parlait de miracles, de foules échevelées qui se battaient la coulpe, et d'un homme qui n'était ni seigneur ni guerrier et qui à lui seul avait ébranlé Rome et tout l'ancien monde, on parlait de légionnaires qui se précipitaient pour baiser les pans de sa tunique et de riches perclus de honte qui distribuaient leur argent aux pauvres. Jésus de Nazareth était son nom. Un tel homme ne pouvait être qu'un Berbère, un véritable Amazigh, un Homme Libre, un Fils de la Terre, ont pensé certains qui se souvenaient que leurs ancêtres étaient arrivés en Égypte et avaient bourlingué dans le pays des Hébreux.

Et bientôt l'on vit des prédicateurs aller et venir et l'on vit les foules s'enflammer ou se raidir. Dans les temples, on convoqua les dieux et les ancêtres et on organisa la résistance, comme au bon vieux temps lorsque les envahisseurs débarquaient avec leurs machines de guerre et des idées toutes neuves. Les promesses des uns étaient aussi fantastiques que l'étaient les prophéties des autres. Les Berbères qui s'y entendaient en dieux, en ayant toujours eu plus de mille à leur service, s'engagèrent dans l'affaire avec leur fougue habituelle. Ils regrettaient cependant que le nouveau dieu n'ait pas d'autre nom que Dieu, ça manquait de sonorité, de flambant. Alors ils lui collèrent les attributs de leurs anciens dieux : le tout-puissant seigneur du ciel, de la terre et des montagnes, le maître des vivants et des morts, le galvaniseur des guerriers et des justes... Ils se firent chrétiens, chacun à sa manière, et l'on vit fleurir mille chapelles plus jalouses les unes que les autres. La Numidie retrouvait son caractère entier et son antique courroux qui lui avaient valu au cours des siècles tant de nobles souffrances.

Ah ! quelle époque ! Je ne savais à quel saint me vouer. Je réfléchissais et cherchais réponses à mes interrogations et ne trouvais que des mots et encore des mots et des cérémonies énigmatiques et compulsives. Je le disais, la nostalgie ouvre parfois sur des gouffres insondables, des contradictions mortelles. On peut renoncer. Ce qui m'arrive chaque fois que je visite ce temps, me trouvant face à deux univers aussi vastes, aussi troublants, celui qui a façonné ma vérité de Numide, qui remonte aux origines du monde, riche en dieux et en hypothèses, et celui-là que me dit ma nouvelle vérité, unique et intangible. En pareils moments, il faut savoir relativiser pour avancer.

J'habitais alors une ville à l'extrême ouest de la Numidie, là où commence le pays des Maures, où la douceur de vivre avait fini par imprimer un air endeuillé sur le visage des gens. Le commerce du grain, de la caroube et de l'huile d'olive nous rapportait plus d'argent que nous n'en pouvions dépenser. Chrétiens scrupuleux, on se voulait austères, mais beaucoup regrettaient les agapes d'antan, les orgies n'étaient pas interdites mais recommandées, les joutes et les paris de même, et l'on pouvait faire la guerre à qui on voulait dès lors que le motif était consacré par la tradition. Nous en étions au début, des apprentis chrétiens, l'exaltation et les persécutions entre frères allaient venir plus tard.

Le temps des persécutions

Elles vinrent plus tôt que prévu. Les mystiques s'étaient mis de la partie et tant multipliés que chacun se trouva devant un halluciné qui le sommait de choisir un camp et sa fin, mourir en martyr ou périr en mécréant. Nous abjurâmes à répétition et, tel un troupeau égaré, nous cherchions sans répit de nouveaux bergers pour nous rassembler. Nous connûmes les premiers schismes et pareillement nous fûmes sommés de choisir. Des conciles se tinrent dans la précipitation, on condamnait, on consacrait, sans parvenir à la paix. Tous voulaient la paix, leur paix, et c'était le problème. Pour nous c'était dur, nous avions notre credo, il ne datait pas d'hier, il n'y a jamais de paix véritable que celle obtenue par les armes et un homme n'est un homme que lorsqu'il met l'honneur au-dessus de tout. Des édits exigeant le retour au culte romain furent édictés par l'empereur Valérien. Je ne sais quel effet ils eurent dans ce pays qui depuis si longtemps n'écoutait que lui-même quitte à se précipiter dans le trou. Je crois me souvenir que les crieurs publics furent mis au bûcher et que la question cessa de se poser. Au plus fort du cafouillage, nous apprîmes que notre guide vénéré, Cyprien, évêque de Carthage, qui refusait d'abjurer la vraie foi et de rejoindre l'église véritable, fut condamné et décapité sur la place publique à Carthage. Il ne sera pas le dernier. Donat le rebelle sera le suivant. Il sera saisi, molesté, bafoué et condamné à l'exil hors d'Afrique, ce qui était pire que la mort pour cet amoureux fou de son pays. Cet homme était curieux, trop entier, religieux intransigeant, patriote intransigeant, il ne désirait rien de moins qu'un christianisme africain dans une Afrique indépendante. Il avait aussi sa petite idée, il se voulait le seul véritable héritier des apôtres. La persécution des donatistes fit des dizaines de milliers de victimes et les donatistes ne furent pas en reste, ils tuèrent autant de récalcitrants qu'ils purent. Dans mon village de l'extrême ouest de la Numidie, loin des fiefs donatistes, nous avons fait nos propres schismes ou nous rejoignîmes les mouvements possibles à notre portée, celui des maximianistes, celui des ariens, des montanistes, des néo-manichéens, des tertulliens, des pélagiens, des doriens, des circoncellions, et autres dont nul n'avait entendu parler, et nous nous entretuâmes sans regret. La nouvelle religion n'avait pas bouclé le siècle qu'elle comptait autant de chapelles que notre vieux panthéon comptait de dieux. Tant et si bien, que beaucoup d'entre nous retournèrent au paganisme.

Comprendre cette époque n'est pas aisé. Ça bouillonnait, on n'avait pas le temps d'attraper une idée qu'une autre plus vraie apparaissait. La nature nous a voulus ainsi, rien n'est plus excitant que la dispute pour un Berbère qui se respecte et voilà que tout se mêlait sous son nez, l'ancien et le nouveau, le vrai et le faux, le naturel et le produit exotique, et qu'au-dessus de sa tête tournoyaient des épées impudentes. L'amadou était dans la paille, il fallait attendre la fin pour voir clair.

Le temps des poètes

Il n'y a pas mieux que les poètes pour voir clair quand règnent l'obscurité et le désordre. Mais qui comprend les poètes sinon les poètes eux-mêmes et les rebelles ? Venus de Rome et d'Athènes, où ils faisaient le délice des soirées patriciennes et le repos du guerrier, le théâtre et la poésie offrirent aux Berbères un moyen de lutte inédit. Ils s'y jetèrent avec passion. Avant d'en savoir plus, on se mit à versifier et à déclamer, dans les rues, les foires, les thermes, les temples, les tavernes, les bordels, les latrines publiques, et jusque sur les sommets des montagnes où de pauvres anachorètes s'étaient réfugiés pour gagner l'illumination. On adapta les meilleures pièces romaines et grecques et on inventa des héros invulnérables qui déjà s'annonçaient immortels. Mais il en va ainsi, devenant célèbres, les poètes se laissent accaparer par les rois et tournent le dos à ce qu'ils enseignaient au peuple. Le Carthaginois Térence et le Numide Apulée, ces grands poètes, ont rencontré les honneurs et voilà qu'ils oublièrent les horreurs qu'ils dénonçaient en leur jeune âge. Ils s'établirent à Rome dans de beaux palais et eurent de nombreux succès. Restaient les poètes anonymes, ceux-là ont gardé les pieds dans la fange et la tête dans les nuages, leurs chants continuent à ce jour à nourrir les petits enfants sur les genoux de leurs mères et jamais tyran ne pourra échapper à leurs regards innocents.

Le temps des apologistes

La conversion opportune de l'empereur Constantin au christianisme vint mettre un peu d'ordre dans l'embrouillamini africain. Le nouvel évêque d'Hippone, Augustin, originaire de Taghaste, fils de Berbères romanisés Monica et Patricius, y contribua de manière décisive. Cet homme avait l'art de parler et sa plume était infatigable. On lui connaît je ne sais combien de livres, combien de sermons, combien d'épîtres. Une vie ne suffirait pas pour les lire. Il prêchait sans relâche et au bout du compte tous finirent par l'écouter et se ranger à ses vues. En vérité, on lui faisait tout dire, une chose et son contraire, on écrivait sous sa signature, mais qu'importe, les temps étaient à l'apaisement, et la Numidie était si vaste que partie d'un point une hérésie arrivait à l'autre bout habillée de lin blanc auréolée de lumière. Disons que l'unanimité se fit autour de lui par miracle. Il était le père de l'Église chrétienne unifiée d'Afrique, ce qu'il disait était vérité d'évangiles. Les Berbères, qui ne perdaient jamais de vue leur rêve d'indépendance, lui reprochèrent, mais comme on reproche quelque bricole à son vieux père, d'avoir soutenu Rome. Son argument, selon lequel la disparition de l'État entraînerait la pire des anarchies dans la Numidie, ne put les convaincre. Lorsqu'en outre il les exhorta à obéir en citoyens responsables aux lois de cet État étranger, ils perdirent un peu de leur foi. L'arrivée des Vandales allait bientôt montrer que l'État romain était vermoulu et corrompu jusqu'à l'os et qu'une anarchie faite de ses mains est préférable à une anarchie amenée par des mains étrangères. On ne refait pas l'histoire mais on peut se demander que serait la face de notre monde si le bon Augustin avait encouragé et conduit le mouvement indépendantiste de la Numidie. De même, je me demande combien sa théorie sur la « terreur utile », par laquelle il justifiait la répression d'État pour ramener les brebis égarées dans la bergerie, a pu faire de dégâts dans le monde et jusqu'aujourd'hui dans nos pays exsangues, où la terreur utile est la religion établie et le nihilisme islamiste le dernier refuge des pauvres.

Le temps de la fin

Au moment où Augustin rendait l'âme, Genséric, roi des Vandales, débarquait à Carthage. Dieu, quelle affaire ! Est-il possible que des phénomènes pareils aient pu exister ! Nous n'avions jamais rencontré que des hommes faisant la guerre pour les mêmes choses que nous, les dieux, l'honneur, le bétail, la terre, l'eau, l'argent, les femmes. Ceux-là ne guerroyaient que pour détruire. Ils détruisirent la Gaule puis saccagèrent l'Ibérie, étapes dont nous eûmes les échos effroyables, et avant de courir anéantir l'Italie et la Grèce, ils passèrent par la Numidie qu'ils dévastèrent de bout en bout. Quel intérêt tiraient-ils de ce vandalisme, ils ne faisaient que passer en coup de vent, laissant derrière eux morts et ruines en fumée ? Nous ne savions pas tout de la folie humaine.

Mon petit village, qui était loin de tout, fut atteint et incendié comme le reste. Nous ne dûmes notre salut qu'à la fuite chez nos voisins, les Maures, ce peuple fier et heureux qui n'avait jamais connu l'occupation étrangère. En attendant de meilleurs jours, nous avons appris un peu de leur histoire, leurs dieux, leurs légendes, leurs coutumes dont beaucoup leur venaient du pays des Noirs. Ils nous charmèrent par leurs manières de vivre. Mais quand nous apprîmes la vérité, nous pliâmes nos tentes et rentrâmes dare-dare chez nous : un de leurs anciens rois, Bocchus, qui se trouvait être le gendre de Jugurtha, avait soutenu notre héros dans sa lutte contre le Romain Metellus, puis l'avait trahi et livré au terrible Sylla contre la promesse qu'il épargnerait leur misérable pays. Mieux vaut affronter mille Vandales que côtoyer un félon.

Les Berbères n'allaient pas manquer cette occasion pour se battre avec la dernière énergie, mais les Vandales étaient plus nombreux que grains de sable dans le désert. Rome étant à l'agonie, nos rois cherchèrent remède à Byzance auprès de l'empereur Théodose.

Mal leur en prit, le Byzantin ne demandait pas plus pour venir prendre pied en Numidie. Cabaon, Kutzinas et compagnie, ces piètres roitelets, n'avaient pas l'intelligence de leurs ancêtres, Gaïa, Massinissa, et ce vieux renard de Syphax, paix à leur âme, ils n'entendaient rien à la politique, ils prirent pour solides garanties des sourires fins et des accolades potelées et nous jetèrent pieds et poings liés sous le joug de leurs nouveaux maîtres.

Nous n'étions pas remis des Vandales que les Byzantins nous prenaient à la gorge. Et nous les eûmes sur le dos deux bons siècles. Nous avons fait ce que nous avons pu, pas un jour, pas une nuit, pas un instant, ils n'ont dormi tranquilles, nos fières tribus tournoyaient autour de leurs têtes comme frelons en colère. Leur sang a abondamment abreuvé cette terre, le nôtre aussi mais celui-là lui revenait de droit.

Pour avoir vécu les deux époques, je dirais que les Berbères avaient un respect certain, voire de la sympathie, pour leurs ennemis d'hier, les Carthaginois et les Romains. Ils se sont combattus avec la dernière violence, se sont alliés mille fois et mille fois ils se sont trahis, ils ont adoré les mêmes dieux et les ont reniés dans le même temps, ils ont mêlé leur sang dans les champs de bataille et par les mariages, et par-dessus tout ils aimèrent cette terre ingrate et généreuse au point de mourir pour elle sans le moindre regret. « *L'Algérie est terre, l'Algérie est soleil, l'Algérie est mère, cruelle et adulée, souffrante et passionnelle, caillouteuse et nourricière. Plus que dans nos zones tempérées, s'y vérifient l'imbrication du bien et du mal, la dialectique inextricable de l'amour et de la haine, la fusion des contraires qui se partagent l'humanité* », dira Camus deux mille ans plus tard. C'est exactement ce que je pensais de la Numidie : on aime et on en meurt ou on n'aime pas et on s'en va. Il n'en fut pas de même avec les Byzantins, leur raffinement excessif, efféminé disions-nous, offusquait notre rudesse naturelle et... oui c'est cela, rien d'autre, ils n'ont montré aucun amour pour cette terre, comme l'ont fait ceux qui étaient passés avant eux et comme le feront ceux qui viendront après eux. En Numidie, l'amour charnel pour la terre est le vrai lien entre les hommes. Inutile de chercher, les Byzantins n'ont pas construit un seul monument qui témoignerait de leur long séjour dans ce pays.

Le temps du silence

Le temps s'arrêta pour nous, la Numidie qui venait de si loin n'a pas réussi son entrée dans le nouveau monde. Beaucoup de bruits, des millénaires entiers, et tant de morts, pour rien, pas grand-chose. Les fiers monuments de nos ancêtres et ceux non moins grandioses des occupants devinrent des ruines et peu à peu les ruines devinrent des vestiges incompréhensibles, des choses anachroniques, puis des scandales dérangeants. On les abattit ou on laissa faire le temps, et les carriers s'occupèrent du reste. Les tribus retournèrent à l'errance, comme au temps de la Malédiction, et oublièrent ce qu'elles avaient été en Égypte, avant l'Exode, et ce qu'elles étaient devenues en Numidie, au temps de leur grandeur retrouvée. Et longtemps après, encore aujourd'hui, les noms des hommes qui ont façonné leur passé et le leur ont légué au prix du sang ne leur disaient et ne leur disent rien. Iarbas, Gaïa, Massinissa, Syphax, Jugurtha, Juba Ier, Tacfarinas, Micipsa, Mathos, Septime Sévère, Caracalla, et les noms des étrangers que nous avons combattus ou qui ont combattu avec nous, et avec lesquels nous eûmes des descendances et des lignées, Asdrubal, Hannibal, Sophonisbe... sont des noms qui ne disent rien, à personne, des inconnus. Comme les autres, les poètes, les apologistes, les savants, les saints, Apulée, Juba II, Donat, Augustin, et jusqu'à notre merveilleuse reine

Cléopâtre Séléné qui nous était revenue de la fabuleuse Égypte, la mère du monde. Ne parlons pas de l'ancienne toponymie, elle perdrait à coup sûr des foules entières. Et pour finir, les tribus oublièrent leurs propres noms qui avaient si longtemps résonné d'un bout à l'autre de l'empire romain, les Massyles, les Masaesyles, les Micatanes, les Maxitanis, les Gétules, les Bavares, les Jubalenis... Jamais peuple n'a autant oublié son passé et renié ce qu'il fut. Au jour d'aujourd'hui, on sait pourquoi et comment cela se fit, mais on ne comprend toujours pas que cela ait été possible et le soit encore. Que leur reste-t-il ? Rien, un grand vide noir et quelques vieux poèmes décousus dont on ne sait l'origine, que les femmes dans les montagnes berbères chantent à leurs enfants couchés entre leurs genoux pour les faire dormir.

Puis vint la deuxième période de ce qui désormais ne s'appellera plus la Numidie mais le Maghreb : l'invasion des Arabes, des Turcs et des Français.

Le temps du réveil

Sacrée Numidie, nous l'avions enterrée trop vite. Nous avions pris son silence pour un signe d'adieu, alors qu'elle s'était endormie pour se réveiller un autre jour, un autre siècle. Car voilà que des rumeurs se faisaient entendre et que des ombres se profilaient à l'horizon, du côté du levant. La Numidie commençait à vibrer, à frémir, les affaires reprenaient.

Je me laisse prendre chaque fois que je visite ces temps obscurs. Ne voyant rien, n'entendant rien, je me dis que le peuple numide est mort et que dans cet endroit, berceau de notre humanité, la vie a disparu. Erreur, la Numidie était là, déjà hors de sa carapace, infidèle à elle-même comme jadis mais toujours prête à recevoir les envahisseurs, et les Berbères, pareils à eux-mêmes, entêtés, divisés, ahurissants, mais fiers et prompts à la bataille.

Les rumeurs nous sont parvenues par vagues successives. Il y avait encore des gens, des marchands, des aventuriers, des sangs mêlés, qui allaient et venaient entre Rome, Byzance, Carthage, Athènes, puis rentraient dans ce qui nous restait de villes et de villages et nous racontaient les dernières. Elles se perdaient ensuite dans les campagnes où elles s'habillaient de ce je ne sais quoi d'obscur et de fascinant qui laissait à croire que le monde vivait ses derniers instants et qui nous mettait tous sur le qui-vive. Il se disait qu'un nouveau dieu était apparu au Levant, au pays des Sémites. Nous aurions voulu entendre autre chose, des dieux nous étions fatigués, ils ne nous avaient apporté que divisions et guerres et de leur paradis nous n'avions pas même vu l'ombre.

Plus tard, nous apprîmes que ce dieu était celui des Hébreux et des chrétiens. Cela nous a paru de bon aloi, chrétiens nous l'étions, il nous en restait quelque chose, et les Hébreux, nous les connaissions pour les avoir fréquentés en Égypte avant leur exode en Israël, et puis beaucoup d'entre eux, des tribus entières, nous avaient suivis dans notre propre exode lorsque nous sommes venus en Numidie, et devinrent des Berbères comme tout un chacun. Nous apprîmes que ce dieu avait pour nom Allah. On regretta que ce dieu n'ait d'autre nom que ce nom d'Allah, il manquait de sonorité, de flambant, mais comme on avait oublié nos anciennes divinités et le clinquant qui s'y attachait, nous ne trouvâmes rien de bien sonnant à lui ajouter et nous nous en désintéressâmes.

Avec le temps nous sûmes que les adeptes de cette croyance, les musulmans, les mahométans, tels étaient les noms qu'ils se donnaient, disaient simplement : Allah Akbar, Allah le grand, et ouvraient leurs cérémonies et leurs palabres par cette unique parole : Au nom d'Allah, le compatissant, le miséricordieux. Cela correspondait assez à notre naturel, simple, dépouillé, et emphatique à la fois. Et je le crois bien, la miséricorde et la compassion étaient ce dont nous avions besoin, les temps étaient durs et les Byzantins ennuyeux comme la mort.

Plus avant, nous apprîmes un peu de cette histoire. Allah serait apparu au pays des Arabes, des nomades comme nous, dans la prospère tribu des Koraïchites, et aurait choisi de délivrer son message à un homme parmi les plus humbles de ce clan, un berger démuni et ignorant, nommé Mohamed. « Faites le bien, éloignez-vous du mal et vous irez au paradis », telle était la teneur du message. Un beau message. La nouvelle religion avait pour nom islam. Un joli nom. Je me souviens que nous lui avons souhaité les plus grands succès, toute religion doit avoir sa chance parmi les hommes.

Et voici que la nouvelle croyance se mit à se propager comme feu dans la prairie dans tout l'ancien monde et nous arrivait tel un cheval au galop, portée par des armées galvanisées.

L'histoire se répétait. En Numidie, elle n'a jamais changé de partition, les envahisseurs arrivent par les mers ou par les terres avec leurs machines de guerre et des idées toutes neuves et nous veulent comme sujets, esclaves ou victimes expiatoires. Ce que nous avons fait au cours des siècles, il fallait le refaire. Kusila, aguellid de la tribu des Awrabas, dans les Aurès, fut le premier à se dresser devant les nouveaux prétendants. Il mobilisa sa tribu et d'autres tribus le rejoignirent, et ainsi se forma autour de lui une immense armée. Aucune plaine, si grande fût-elle, ne pouvait la contenir en entier. Quelle épopée ! On en parla longtemps autour des feux dans toute la Numidie et soudain l'on se mit à croire que les temps allaient vraiment changer. Kusila engagea bataille sur bataille, mais au final il est écrasé. Il fait soumission à son vainqueur, Muhajir de son nom, et se convertit à l'islam. Humilié par celui-ci, il se révolte, abjure, revient au christianisme, obtient des renforts des Byzantins, inquiets de l'avancée des mahométans, et de nouveau engage bataille sur bataille. À Biskra, il décime l'armée d'Oqba, le nouveau chef musulman, et marche aussitôt sur Kairouan, place forte des Arabes. Après un long siège, il l'investit et exécute tous les dignitaires arabes. Bon prince, il laissa la vie sauve au petit peuple et l'autorisa à pratiquer librement sa religion. Il fit sa capitale de cette ville stratégique formidablement fortifiée par les Arabes.

Mais voilà que de nouvelles armées, bien plus terribles, les Banu Hillal, accouraient d'Arabie, menées par le général Ibn Qays. Lâché par les Byzantins, requis sur d'autres fronts, Kusila fut vaincu, après mille batailles épiques livrées à travers toute la Numidie, et exécuté. Les Berbères qui avaient échappé au massacre furent chassés de Kairouan.

Le flambeau à terre fut relevé par Kahina, reine de la tribu des Djerawas, dans les Aurès. Cette tribu juive était de celles qui nous avaient suivis dans notre exode d'Égypte. Kahina avait fourni nombre de guerriers à Kusila, dont ses propres fils, elle savait à quels adversaires elle ferait face. Les nouvelles étaient des plus mauvaises, les Arabes s'étaient renforcés à Kairouan et avaient lancé une gigantesque offensive qui leur avait permis de prendre Carthage, de chasser les Byzantins et de se doter de places puissamment armées. La suite paraissait évidente. Kahina réussit cependant un exploit qui restera dans les mémoires. Elle tailla en pièces les armées arabes et les talonna jusqu'à les forcer à quitter la Numidie. Carthage, Kairouan et toutes les places revinrent à leurs maîtres légitimes. Le pays était libéré, cela faisait des siècles que les

Berbères en rêvaient. Et c'est à une femme qu'ils le devaient.

Est-il écrit quelque part que l'indépendance de ce pays doive à jamais être de courte durée ? En l'occurrence, oui, c'était écrit. Les Arabes revinrent en force, reprirent Carthage, Kairouan et toutes les places, et Kahina, notre reine, fut défaite après mille nouvelles batailles épiques livrées à travers toute la Numidie. Elle fut décapitée et sa tête envoyée en trophée au calife. Les chroniqueurs arabes lui feront une réputation de sorcière tant pour relever le moral des troupes du calife humiliées par une femme, une Juive, que pour rabaisser la valeur des guerriers berbères.

Le temps des zélateurs

L'islam eut tôt fait de submerger la Numidie. Par la force, puis par la foi, et l'usage fit le reste, il créa des habitudes, des comportements, des modes de pensée. La Numidie entrait dans une ère nouvelle, elle était le Maghreb, le couchant, l'occident de l'Arabie, et peu à peu les Berbères perdirent ce qui faisait d'eux des Berbères, ils s'arabisèrent et se proclamèrent Arabes. Le zèle poussa certains à se croire plus authentiques que les vrais, ils détruisirent tout ce qui pouvait rappeler leurs origines et leurs croyances passées. Il en est ainsi, le reniement de ce qu'on a été est le premier acte de foi. Beaucoup, des chefs de tribus, des imams, des officiers, se prétendirent cousins du Prophète, neveux d'apôtres, fils morganatiques de califes, frères de commandeurs prestigieux, et ont légué l'heureuse découverte à leurs descendants. Pour toujours, ils seront chérifs en leurs domaines. La Numidie échappait à son histoire millénaire et allait graviter autour d'une autre histoire, celle de l'Arabie, celle du monde arabe et musulman dont elle sera, un temps, un moteur puissant.

On ne refait pas l'histoire mais je me demande ce que serait devenue la Numidie si Kahina avait assuré sa victoire et si les héritiers avaient poursuivi son œuvre avec la même farouche détermination. Les Berbères vivraient aujourd'hui au grand jour, en peuple à part entière, puiseraient dans leur propre histoire et se construiraient un avenir de leurs mains. Les peuples devraient toujours pouvoir suivre leur voie, en elle est leur génie et leur substance vitale. C'est triste de les voir dérailler parce que quelque part un étranger, un mage, un roi, un empereur, un calife, un président, l'a décidé. On rêve de voir les peuples vivre côte à côte, formant l'humanité dans sa diversité, comme les enfants, différents et semblables, grandissent autour de leur mère et forment une famille, comme les instants, différents et semblables, se conjuguent sans s'annihiler pour former la trame du temps. Dieu nous garde de l'uniformité, elle est le contraire de la vie.

Alors que le Maghreb passait en entier sous l'étendard vert, il se trouva quelques tribus berbères qui voulaient croire que l'on peut être frères en religion et indépendants en politique. Ce fut le cas de Kalfun, roi de Bari en Sicile et de ses successeurs. Ils auront à lutter contre les chrétiens qui cherchaient à éradiquer cette enclave musulmane en terre chrétienne et contre les califes qui voyaient mal une communauté musulmane échapper à leur juridiction. Ce fut le cas de Ziri, souverain de la tribu des Sanhadjas, et de ses successeurs Bologhine, Mansur, Badis, Muizz. Ce fut le cas de Tashfin souverain des Almoravides, qui lutta autant contre les hérésies qui se multipliaient au Maghreb que contre les suzerains arabes dont les missionnaires à demeure se montraient violents, cupides, et méprisants à l'égard des autochtones. Ils détruisirent leurs villes, leurs monuments, leurs temples, leurs églises, massacrèrent des populations entières, changèrent la physionomie du pays, les forcèrent à abandonner leurs coutumes et, au nom des lumières de l'islam, leur imposèrent une soumission aveugle aux lois coraniques, aux hadith et à leur bon vouloir.

Puis vint le temps des guerres fratricides entre tribus berbères, comme jadis, pour une idée, un titre, une interprétation de la loi, une façon de voir le rite, une humeur, pour rien parfois. Les Almohades éliminèrent les Almoravides et les tenants d'Yaghmorasen écrasèrent les Almoravides et ainsi jusqu'à épuisement, jusqu'à l'arrivée salutaire du Berbère Abdelmoumen qui unifia le Maghreb et l'Espagne et gouverna l'ensemble d'une poigne de fer. Il fut un grand chef d'État. Sous son règne, le turbulent Maghreb, héritier de la turbulente Numidie, connut une ère de stabilité remarquable qui a permis le rétablissement de la sécurité et une formidable explosion de l'économie et de la culture. En lui, il y avait du Massinissa.

On se demande comment l'islam, religion de fraternité, a pu engendrer tant de discordes et de guerres. Peut-être en cette phase de conquête avait-il besoin de cet enthousiasme. Ou serait-ce seulement la volonté des commandeurs ? Des schismatiques ? Des zélateurs ? Il me semblait retrouver ce que nous connûmes avec l'avènement du christianisme, mille écoles, mille sectes et autant de guerres civiles. Mais, au bout du compte, la civilisation musulmane dans le Maghreb ouvrit sur un essor étonnant, comparable à celui que la Numidie avait connu au temps de l'Afrique romaine chrétienne. Bâtisseurs, philosophes, savants, poètes, artisans rivalisèrent d'ardeur. Mosquées, palais et forteresses poussèrent comme champignons et sur tout sujet foisonnaient théories et travaux pratiques. Quelque part, le Maghreb faisait un retour sur investissement de ce qu'il avait réalisé de grandiose en Espagne, conquise de haute main sur les Wisigoths par le chef berbère Tariq Ibn Zyad.

Le temps des imams

J'ai peu de souvenirs de cette période qui a quand même duré son comptant de siècles. Il est des temps qui laminent, des idées qui tuent les idées et des moments où tout semble se jouer ailleurs. Ma nostalgie n'a pas à quoi s'accrocher. La culture islamique avait pris une tournure savante, raffinée, byzantine pour le coup. On discutait de points de détail du dogme, on disputait à propos des lois, à l'infini, on travaillait la langue au plus près pour la soumettre aux perfections de la Langue sacrée, on calculait ce qui vient après les virgules, on arrêtait la longueur des cheveux, la façon de vivre au jour le jour, heure par heure, les gestes à faire, les mots à dire, les pensées à proscrire, on apprenait le Livre par cœur sous la badine de talebs insignifiants et auprès de vieux singes rompus à la rhétorique, on apprenait la manière subtile de le débiter dans la dispute publique. Bref, on fabriquait du musulman pour l'usage courant. Faute d'une autorité centrale éclairée qui dirait la voie, chaque imam y allait de sa formule et parvenait à se faire son petit troupeau discipliné et une notoriété relative dans son village.

Le temps des géants

Il y eut heureusement les savants, de vrais géants qui regardaient le monde et par-delà, des astronomes, des astrologues, des explorateurs, des géographes, des philosophes, des médecins, des mathématiciens, des ingénieurs, des traducteurs, des poètes, des alchimistes, des musiciens, des théologiens, à qui on doit tant de belles choses dont plus tard l'Occident naissant fera son miel. Ils sont apparus comme des comètes dans un ciel plombé. Comment ont-ils pu échapper aux pesanteurs, cela relève du miracle, car ils furent dénigrés par les notables, précautionneux et serviles, condamnés par les imams, censurés, bannis et parfois suppliciés par les souverains. Leurs écrits ne nous sont jamais parvenus, sinon plus tard, bien plus tard, en d'autres langues, par le canal de ceux-là qui ont su recueillir leur héritage, les Européens. L'ironie était là, les Européens détenaient leur premier savoir de nos savants et c'est par eux que nous saurons ce que ces génies nous ont écrit.

J'ai une grande nostalgie pour ces hommes audacieux et libres. Et pas mal fantasques. Là, je pense tout à coup à ce touche-à-tout de Firnas : après avoir œuvré dans tous les métiers, il consacra ce qui lui restait de vie à l'étude du vol des oiseaux et en arriva à tenter de les suivre avec des assemblages suicidaires de bois léger, de gomme arabique et de plumes. On le voyait partout juché sur les montagnes environnant Cordoue à piétiner et à battre des ailes. Il n'en est pas mort, c'est l'essentiel de sa découverte. On prétend qu'il a inspiré Léonard de Vinci, je veux y croire, il mérite cette belle reconnaissance. On lui doit tant de choses : la vulgarisation du fameux *Sindhind* qui contenait les formules de calcul indien qui allaient bouleverser la numération écrite en Orient et en Occident, la construction d'une horloge de précision, d'une sphère armillaire, d'un planétarium, etc. Cet homme, je l'adore. Je pense à l'ethnologue Ibn Battuta, ce génial globe-trotter qui avec un chameau, une besace et une outre a fait le tour du monde et ramené tant de magnifiques et étonnantes choses. Je pense à ce fin parmi les fins d'Ibn Khaldun, sociologue et politologue brillant comme on n'en connaît pas de nos jours. Il nous en a appris des bonnes et des pas bonnes sur nous-mêmes et sur les Arabes dans ses fameux *Prolégomènes*. Je pense à ces géants Avicenne, Averroès, Djabir, qui sont passés au Maghreb et nous ont laissé un peu de leur génie, je pense à ces grands hommes comme Saladin dont l'esprit chevaleresque nous a enchantés. Je pense à ce fou d'Omar Khayyâm qui a su élever la bacchanale au premier rang de l'initiation hermétique. Comment interpréter autrement ce quatrain ?

Lève-toi, viens, viens, et pour la satisfaction de mon cœur
Donne-moi l'explication d'un problème

Apporte-moi vite une cruche de vin et buvons
Avant que l'on fasse des cruches de notre propre
  poussière.

Cette civilisation a formé, ici et là, en Espagne, au Maghreb et dans ses foyers d'Orient et d'Asie, une race de gens curieux, de libres penseurs avides de philosophie, de science, d'humanisme et de tolérance. Ils ont su former le trait d'union entre les peuples, la chaîne qui relie l'Antiquité orientale au Moyen Âge occidental. Ils ont joué dans l'histoire du progrès humain un rôle exceptionnel, similaire à celui qu'exercèrent les Phéniciens mercantis entre l'Égypte, l'Assyrie et Babylone. Prenant aux uns, aux autres, aux Grecs, aux Romains, aux Égyptiens, mais aussi aux Hindous, aux Chinois, et puisant dans leur propre génie, ces hommes transmirent à l'Europe, par les conquêtes arabes et les croisades, et par le simple échange entre hommes de bonne volonté autour d'un parchemin, d'une cruche de nectar, un savoir merveilleux et une vision hardie du monde.

Pourtant, la fin était proche. Elle était là. L'empire ottoman se déployait à l'horizon et l'Europe se réveillait de son long sommeil avec un appétit d'ogre. Les civilisations doivent-elles toujours s'affronter, faut-il que l'une disparaisse pour que l'autre s'épanouisse sur ses cendres ? Il en a été ainsi depuis les origines mais on aimerait maintenant que ça cesse.

Défaits de tous côtés, les princes et gouvernements arabes refluèrent vers leurs terres d'origine où ils s'en allèrent dépérir dans une interminable confusion, laissant derrière eux des pays sans autorité et des peuples désorientés, pris entre deux cultures, l'ancienne oubliée ou dédaignée mais qui veut ressusciter, et la nouvelle insuffisamment assimilée et du coup regardée comme étrangère et méprisable. Ils s'accrochèrent à ce qu'ils tenaient sous la main et s'en firent un pauvre viatique, un trompe-la-faim. En l'absence de mouvement, la vie s'arrête. Les liens sociaux, culturels, politiques, économiques se relâchèrent et la vieille organisation tribale reprit du service sur les décombres de ces États qui furent brillants.

Le temps du repli

Une fois de plus, le temps s'est arrêté pour nous. Le décor était planté pour une disparition inéluctable, la vie s'écoulait au ralenti, rien ne la brusquait, rien ne la distrayait. Les usages étaient formés, les sillons tracés, les rêves bornés, il suffisait de régler son sablier et de suivre le cours lancinant des choses. La baraka pourvoyait au reste et le mektoub passait le tout aux pertes et profits de l'histoire. De la puissante foi d'avant ne restait que l'air, la parole était perdue. Les gens croyaient dur comme pierre qu'il en avait toujours été ainsi et qu'il en serait toujours de même.

Ailleurs, le monde bougeait, des empires s'effondraient, des empires naissaient, des empires s'enchevêtraient tels de gigantesques écheveaux de pieuvres, tout cela dans d'immenses fracas, mais rien n'arrivait à nos oreilles. Les hommes regardaient paître les moutons, la tête dans les nuages, et les femmes cardaient la laine en pensant mollement aux enfants à venir. Et les anciens se remirent à mourir de vieillesse et d'ennui, n'ayant rien à léguer, rien à promettre. Je crois avoir fait partie de ces débris tremblotants, je ne me souviens même pas de quoi je suis mort.

Le temps de la course

Quand je suis revenu à la vie, l'Ottoman était en la demeure. Tout avait changé, on parlait une autre langue, on portait de nouveaux habits. Je dirais que nous étions pas mal déguenillés, et pour le coup très peu bavards. Le peu qui nous restait du tamazight et de l'arabe et les trois mots de turc que nous avions volés à l'occupant nous suffisaient à peine pour nous nourrir. J'enrageais de nous voir aphones devant le turc, nous qui, des siècles entiers, avions parlé haut et clair l'égyptien, l'assyrien, le phénicien, le punique, le grec, le latin, le franc, le byzantin, l'espagnol, l'arabe, trente-six mille dialectes trouvés en chemin, et réussi toutes les médiations.

Il m'a fallu un temps fou pour m'y retrouver et reconstituer le puzzle. Ce qui n'avait pu se réaliser au cours des millénaires s'était fait le temps d'une vie, le temps d'une absence : la Numidie de toujours — le Maghreb d'hier — s'était morcelée ! Et cela sous l'effet non d'un prodigieux cataclysme naturel, ou de la colère des dieux, ou du châtiment d'Allah, ou de la venue d'un monstre aveugle qui se serait férocement abattu sur elle, mais sous l'effet de la simple érosion du temps et des manœuvres misérables de souverains sans envergure ni éclat, soucieux de leurs seuls harems et haras. Massinissa, Kahina, Abdelmoumen, ont dû se retourner dans leurs tombes. J'en ai pleuré les larmes de mon corps.

À l'ouest, s'était formé un royaume appelé Moghrib, le Maroc, fondé par Moulay Ali

Chérif, que l'on disait descendant du Prophète, et le reste, la côte et les grandes villes du nord, était tombé sous la domination de l'Ottoman. Quant à l'intérieur du pays, dans son immensité, il était livré à la friche, à l'errance, au pillage, aux guerres tribales, aux criquets, à l'appétit insatiable du désert. Quelle histoire, quel spectacle, quelle misère. Serait-ce la réédition de la Malédiction qui nous avait chassés d'Égypte ? Ô dieux, en quoi avons-nous failli ?

J'apprends que les Espagnols, que nous avons longtemps et si bellement gouvernés chez eux, sont entrés dans le pays et ont pris pied à Alger où ils ont érigé une forteresse imprenable nommée *El Peñon* ! Ce n'est pas tout, ils se seraient implantés à Oran, à Bejaia où un temps une héroïne sortie du peuple, Yema Gouraya, les aurait tenus en haleine. À partir de ces trois bases, ils lançaient d'incessantes incursions tactiques sur l'arrière-pays, ce que tout simplement nous nommions des razzias. Ils avaient des ambitions et sans doute, leurs méthodes le montraient assez, étaient-ils animés de l'esprit de revanche ou de cet élan cupide et lamentable qui les avait si sauvagement jetés sur ces magnifiques et nobles Indiens d'Amérique. Je ne sais qui me l'a appris, un des leurs, un certain Ramón Lulle, un grand théologien mystique et alchimiste, dit le *Docteur illuminé*, aurait été lapidé à Bejaia pour avoir tenté de ramener les Berbères vers la foi chrétienne. C'est bête, disproportionné, on aurait pu pareillement tenter de le convertir à l'islam, c'est tout, ou le laisser s'égosiller dans les rues. Il a écrit un grand livre, *Ars magna* ou *Grand art*, mélange de théologie et d'art hermétique, nous devrions le lire maintenant pour connaître quels étaient ses arguments.

J'apprends qu'après cela, des janissaires conduits par quatre frères, moitié albanais moitié grecs, convertis à l'islam, les frères Barberousse, mandatés par le sultan turc Selim Ier, sont arrivés du Bosphore et ont pris l'imprenable *El Peñon*. Ils auraient pourfendu le roi d'Alger dans son bain, Bougre d'Âne devait être son nom, une girouette entre les mains des Espagnols, et soumis sa population avec une cruauté jamais vue dans l'histoire. Enhardis par leurs succès, les quatre misérables et leurs mercenaires, appuyés par l'armada turque, ont foncé sur notre chère Tunis et pareillement ont soumis sa population avec une cruauté jamais vue dans l'histoire. Dieu de misère, ces illustres cités qui nous étaient si chères ont été saccagées et leurs édiles pendus aux remparts. Ah ! Hannibal, où es-tu ?

Où sont ceux qui ont fait Carthage et Kairouan ?

Le temps d'armer ses canons, le courageux roi berbère d'Oran, allié des Espagnols, entra dans le jeu, pourchassa les quatre Albanais, réussit à en abattre trois et entra triomphalement à Alger. Sortis par la porte nord, les Espagnols revenaient par la porte sud. J'apprends à la suite que le dernier Barberousse, Kheir Eddine, le plus dangereux des quatre — il avait disparu un temps —, est revenu sur Alger, a repris *El Peñon*, et qu'après cela, il est allé bouter les Espagnols hors de Bejaia et d'Oran. Le chassé-croisé fut tel qu'on voyait mal qui arrivait et qui partait. Sur sa lancée, il aurait infligé une défaite cuisante à Charles Quint venu à la rescousse des très catholiques Espagnols. Les Algérois s'en souviennent, ils ont tout vu de leurs hauteurs, la bataille navale s'est déroulée sous leurs yeux, dans la baie d'Alger. J'apprends enfin qu'il se constitua une formidable flotte avec laquelle il écume à présent la Méditerranée à son profit et celui de ses maîtres, les sultans d'Istanbul. La course était son affaire, en vérité sa mission secrète, alimenter le trésor de la Sublime Porte pour soutenir son expansion impérialiste dans le monde. Alger était son coffre-fort, sa base secrète et sa réserve de bras, dans lesquels elle puisait à pleines mains or, navires et chair à canons. Dans le même temps et suivant la stratégie d'Istanbul, Barberousse s'appliquait à ruiner le commerce européen en Méditerranée dans le but d'affaiblir la chrétienté mais aussi les Arabes dont la Sublime Porte convoitait l'empire chancelant.

Voilà dans quoi je suis revenu. On ne sait pas toujours où mène la nostalgie, il suffit de rien, un air qui passe, un mot, une idée, et on part là plutôt que là. Je suis tombé en plein dans le nid des pirates barbaresques et au pire moment, tous les oiseaux de proie de la création se le disputaient. J'aurais aimé disposer d'une armée mais j'étais seul à me révolter et l'heure n'était pas à la gloire. Les malheureux captifs des pirates, ceux-là qui ne pouvaient s'acquitter de la rançon, étaient vendus sur les marchés d'esclaves d'Orient et on ne les revoyait plus. On parlait de Salé comme du plus important marché de gros. La vente au détail se pratiquait n'importe où, ici, là, dans les ports, autour des mosquées, dans les souks, le long des routes. On se les louait aussi, pour un jour, une semaine. Une fois brisés par l'âge, on les relâchait et ils s'en allaient mourir dans les rues, enfin libres.

Pas une côte du monde connu n'échappait à leurs raids. Ramener de l'Anglais, du Gallois ou de l'Irlandais était aussi simple pour eux que de capturer du Sarde, du Corse, du Marseillais, du Sicilien, du Maltais, ou de l'autochtone des Baléares. Ils honoraient toutes les commandes. On voulait une Suédoise, on avait sa Suédoise, on rêvait d'un beau Portugais, on recevait son beau Portugais. Leurs galères étaient insaisissables, des trirèmes et des quinquérèmes à l'ancienne, elles ne se vidaient que pour repartir plus vite à la course. Je pense avec émotion à ce brave Cervantès, à ce bon Vincent de Paul, mais il y en eut tant, de tous les bords. Je pense avec tristesse à ces femmes, ces nonnes, ces enfants, qui ont fini dans les harems des rois et des pachas ou dans les bordels pour janissaires. Je pense à nous, les fiers Imazighen, les Hommes Libres, les Enfants de la Terre, les splendides guerriers d'Allah, les grands civilisateurs des peuples barbares, réduits au rang de gardiens d'esclaves, de serviteurs zélés, de spectateurs ahuris, d'ombres collées aux murs, de fourmis abruties zigzagant dans les dédales sans fin des médinas. J'ai tout vu au cours de mes allées et venues sur cette terre mais cela, jamais. J'en ai encore honte, cinq siècles après.

  L'affaire se complique lorsque le bey arabe de Tunis, menacé par Barberousse, en appelle à Charles Quint, qui débarque en sauveur à Tunis et en fait aussitôt une vassale de l'empire germanique, au grand déplaisir de la France de François Ier, de la Grande-Bretagne de la reine Elizabeth, et des rois d'Italie. La partie allait se jouer à plusieurs et les cartes cachées ne manqueront pas. Le résultat sera la perte de la Tunisie, consacrant ainsi le processus de morcellement, et la solitude de ce qui restera le dernier morceau de la Numidie de toujours, le Maghreb d'hier. Un jour, on l'appellera Algérie.

J'apprends que Barberousse a constamment trouvé sur son chemin un redoutable et mystérieux capitaine, un certain Andrea Doria, qui lui mena la vie dure, mais à la fin, le raïs à la barbe flamboyante le piégea dans le golfe d'Ambracie en Grèce et le coula proprement. Personne n'a jamais su qui étaient ses commanditaires, Charles Quint, François Ier, la reine Elizabeth ou le consortium des armateurs de Gênes. On voyait seulement qu'il courait pour les États chrétiens, comme d'ailleurs Barberousse lui-même le faisait à la commande, un coup pour François, un coup pour Charles, le cas échéant un geste pour arranger les affaires de tel armateur génois. Le coup de François Ier fut des plus pendables, j'apprends que celui-ci reçut Barberousse à Toulon à la tête d'une armada de deux cents galères et trente mille hommes, qu'il transforma l'église Sainte-Marie-Majeure en mosquée pour permettre à ses hommes de faire la prière, qu'il le paya grassement, à l'avance, en échange d'un petit service à lui rendre : faire tomber Charles Quint, s'emparer de l'Italie et ramener ses clés à la France. Le plan fut éventé, il échoua.

Le métier d'écumeur des mers était des plus juteux et ouvrait de telles perspectives politiques qu'on vit apparaître des pirates par milliers, beaucoup n'ayant de barbaresque que la barbe sauvage et le regard rouge, comme ce sinistre Hollandais qui se faisait appeler Morarais pour le more raïs. Il est temps, me semble-t-il, que chacun reconnaisse ses mauvais enfants et les reprenne à son nom. Si la volonté politique y est, voici quelques pirates parmi les plus dangereux à reprendre par les leurs. Nous sommes innocents de leurs crimes.

Chafar raïs : Anglais
Mami raïs : Hollandais
Chaban raïs : Portugais
Cantil raïs : Français
Certobi raïs : Espagnol
Campos raïs : Italien

Clas raïs : Hollandais, dit la Terreur des Mers...

Les Hollandais et les Anglais furent les plus nombreux. Ils couraient autant pour eux-mêmes que pour le syndicat des pirates, les sultans d'Istanbul, leur pays d'origine, le pays qui les employait, ou encore le gouverneur de Salé, champion de ce commerce que l'on appellera plus tard le commerce triangulaire.

Comme je le constatais, rien n'avait changé hormis les noms. La Méditerranée était bien cette mare dans laquelle l'humanité barbotait de la plus curieuse et la plus tragique des manières.

Ceci est le résumé rapide de ce que j'ai appris en interrogeant mes amis et voisins de la Casbah. Nous passions nos journées de chômage accoudés aux remparts du port, à prendre le soleil, à grignoter des sardines, à regarder cette drôle de mer et à nous demander ce qui attirait tant les étrangers chez nous, en Numidie, parce que après tout, nous, ses enfants, nous commencions à envisager sérieusement de la quitter un jour. Mes pauvres amis qui en avaient trop vu en parlaient pourtant avec le sourire aux lèvres comme si précisément ils voulaient dire qu'ils en verraient d'autres. Je me demande parfois si l'histoire concerne ceux qui la vivent et souffrent de ses fièvres. On dirait qu'elle passe au-dessus de leurs têtes, tel un simple orage, ils s'en fichent. J'avais bien envie de leur enfoncer la tête dans le sable.

Je n'ai trouvé personne pour me dire ce qu'il en était de l'intérieur du pays. Les marchands que j'attrapais à la sortie du marché, de la mosquée, ne savaient rien, des bribes, des rumeurs. Les routes sont fermées ou seraient détournées ou trop dangereuses, ou simplement elles ont été emportées par les crues. Une certitude : Cirta est entre les mains d'un bey turc, une forte tête qui faisait de la résistance à son suzerain le dey d'Alger et à sa majesté le sultan d'Istanbul. Et Tihert ? Elle serait entre les mains d'un sultan arabe, oublié dans le reflux. Et Tlemcen ? Elle est entre les mains du souverain marocain. Et Oran ? Les Portugais ont remplacé les Espagnols. Et Timgad ? Elle est en ruine. Et Zama ? Et Taghaste ? Hippone ? Sousse ? Dougga ?... Ces noms ne leur disaient rien. Pas moyen d'avoir une vue d'ensemble, ces pauvres gens étaient perdus, ils ne connaissaient que le chemin de leur maison. J'étais triste à mourir, j'allais quitter le pays et ce temps sans savoir de quoi ils étaient faits. Or ma nostalgie se nourrit d'événements précis, de choses concrètes, de chiffres honnêtes, l'imagination à partir de la fumée je m'en méfie.

Le temps de l'attente

Trois autres siècles s'écoulèrent durant lesquels il ne se passa rien sinon la routine instaurée par le terrible Barberousse. La patience des gens était intacte, ils pouvaient encore attendre trois autres siècles. Ailleurs, le monde était à l'étroit, trop d'empires occupaient la place, l'ottoman, le français, l'anglais, l'austro-hongrois, le prussien, le japonais, le russe. La partie d'échecs ne s'arrêtait jamais, ne pouvait pas, la guerre se déplaçait comme l'éclair, il y avait trop de morts derrière et devant arrivaient sans cesse de nouvelles recrues. La loi éternelle de la nature était à l'œuvre, ahurissante et impitoyable, la guerre est le commencement et la fin de tout, la vie de l'un exige la mort de l'autre, un seul doit régner sur terre et jouir du privilège suprême de mourir le dernier avec le sentiment exaltant d'avoir vaincu la vie.

Le temps de la saga

J'habitais Cirta lorsque les Français arrivèrent dans le pays, une ruelle des plus sombres dans le quartier de la Suiqa, non loin de la forteresse du bey. Elle n'avait pas de métier propre qui lui aurait permis de compter dans la cité, ses occupants vivotaient petitement dans la pagaille et l'espoir d'un paradis proche. On louait son bras dans les ruelles voisines qui avaient chacune son noble métier, on travaillait le bois, le métal, la laine, le velours, le cuir, le papier, la corne, la corde. Étant plus dégourdi que mes amis, je m'étais dégotté un bel emploi chez le Turc, garçon de cuisine. J'étais bien placé pour avoir des nouvelles fraîches et percer les secrets d'État. Et j'étais nourri à l'œil. Et je ne désespérais pas de pouvoir un jour me faufiler dans le hammam du bey où ses femmes, ses concubines et ses merveilleuses esclaves blondes, noires et rousses, toutes polyglottes et nues de la tête aux pieds, se frottaient le dos en écoutant de vieux musiciens aveugles jouer langoureusement de la musique andalouse sous la surveillance des eunuques, ces pachydermes visqueux qui nous menaient la vie dure.

Nous l'aimions bien notre nid d'aigle, Cirta, splendidement isolé, naturellement fortifié, imprenable sinon par le ciel. En faisant le siège de Cirta, Hannibal avait eu ce mot que nous nous plaisions à répéter en pissant sur les rapaces qui nichaient dans les contrebas : *Ailleurs les corbeaux fientent sur les hommes ; ici ce sont les hommes qui fientent sur les corbeaux.* Nous n'en sortions jamais, on pouvait ne pas pouvoir revenir. Quel surplomb, quelle vue sur l'horizon, quel panorama sur la vallée du Rummel, quel spectacle enivrant que ces gorges profondes où tous les vendredis, après la grande prière, on précipitait joyeusement dans l'abîme les mauvais musulmans et les femmes infidèles, enfermés dans un sac, et parfois de vieux Juifs rabougris soupçonnés de sorcellerie. De nous voir perchés si haut nous donnait un beau vertige. Nous étions aussi pas mal imbus de ce qui nous restait de la grande culture arabe et de ce que nous savions de la turque, des poèmes, des ivresses, de magnifiques exégèses, des élancements de soufi, des mets épicés, des habits soyeux, ça ajoutait. Mais en même temps, notre caractère s'en ressentait : constamment sur le qui-vive, fermés sur nous-mêmes, hautains, chauvins, xénophobes. C'était la marque et le charme du Constantinois de l'époque. Le temps lui profitera, le Constantinois et les belles Constantinoises seront longtemps un modèle de ce que le mélange harmonieux des cultures berbère, juive, arabe, turque et française a pu engendrer. Tout le charme des vieilles bourgeoisies cosmopolites. Aujourd'hui, il n'y a plus de Constantinois à Constantine, ils se sont dispersés dans le monde et ont emporté avec eux l'histoire de la ville. C'est une agglomération comme les autres, défoncée et pas mal décatie, pleine d'étrangers venus d'ailleurs avec leurs tourments et leurs nostalgies. À sa tête est un wali, une sorte de bey appointé par Alger, lui aussi venu d'ailleurs avec ses tourments et ses nostalgies.

De ma cuisine, j'ai tout appris de la saga. Une sordide histoire, du blé vendu à la France, opération financée par des Juifs d'Alger sous la garantie du dey, le régent d'Alger qui s'impatiente et exige le paiement, Paris qui tergiverse, des négociations torpillées discrètement par les Anglais, le coup de l'éventail à la figure de cet affairiste de Deval, le consul français, des bruits de fin du monde. Bref, les Français sont venus et ont pris Alger, Oran, puis Bône, et s'y sont installés, ce qui plongea notre bey dans une joie impossible. C'était fête au palais. Le voilà débarrassé de son chef et rival, le dey d'Alger, et de ses collègues comploteurs le bey d'Oran et le bey de Bône. Plus de régent, plus de cordon ombilical avec Istanbul. Il pouvait enfin dormir sur ses deux oreilles et manger à sa faim, sans crainte d'être égorgé dans son lit ou empoisonné à sa table. Avec les Français qui avaient ouvert un comptoir dans le port de Bône, il engagea de fructueuses affaires et par eux introduisit d'étranges commodités dans son palais.

Tout allait bien jusqu'au jour où apparut un individu, le plus curieux et le plus aventureux que le monde ait conçu, j'ai nommé Yusuf. Sa vie est un roman à écrire impérativement. Un matin, à peine sorti du néant, voilà qu'il se présente à Alger chez le gouverneur général d'Algérie, le sieur Clauzel, et en trois phrases arrive à le convaincre de le nommer bey de Constantine à la place du bey légitime, Ahmed. Que sait-on de cet homme ? Rien de plus que ce qu'en dit sa légende. Elle voudrait que dans une autre vie il se soit appelé Joseph Vantini. Elle nous dit qu'il est né dans l'île d'Elbe et que le hasard, ou le destin, a voulu qu'il rencontrât son prestigieux prisonnier, l'ex-empereur des Français, Bonaparte, lequel se prit d'une telle affection pour le Joseph qu'il lui fit les plus belles confidences. Elles l'aideront dans sa carrière. Elle ajoute qu'il aurait été en son jeune âge enlevé en mer par les pirates barbaresques, vendu comme esclave et élevé en prince à la cour arabe du bey de Tunis. Arrivé à l'âge des ambitions incontrôlables, il s'imagina que ses qualités feraient de lui un parfait successeur du bey, ce qui lui donna l'idée de séduire sa fille adorée. Il ne dut son salut qu'à la fuite. On le retrouve quelques années plus tard dans la fonction d'interprète auprès du duc de Bourmont, grand chef des forces françaises, lequel venait de débarquer sur la plage de Sidi-Ferruch et préparait minutieusement la prise d'Alger. Trop actif pour ce rôle passif, il démissionne et commence une vie toute de cavalcades et de coups fourrés. On le retrouve à chacun des grands moments de la conquête de l'Algérie : la prise de Bône, la prise de Constantine, le rapt de la smala d'Abd el-Kader, la bataille d'Isly, l'écrasement de la révolte des tribus du Sud, la conquête de Laghouat... Je crois qu'aujourd'hui on dirait d'un tel homme qu'il est des services secrets. Ce serait donc à dessein que Yusuf 007 fut placé auprès du bey de Tunis et recruté, introduit auprès de l'empereur Bonaparte, puis du duc de Bourmont, et que le pauvre Clauzel n'a fait que se mettre à sa disposition conformément aux ordres reçus du ministère de la guerre. Le reste n'est que vicissitudes propres au métier d'espion.

La prise de Constantine s'avéra la plus catastrophique et la plus humiliante des expéditions militaires françaises en Algérie. Clauzel s'y présenta en personne, en grande tenue, à la tête d'une armée forte de douze mille hommes, accompagné du jeune duc de Nemours, fils du roi Louis-Philippe, ainsi que de notre brillant Yusuf. Dans l'affaire, Clauzel perdit des milliers de fantassins, l'essentiel de ses batteries et son honneur. Paris le limogea froidement. Le nouveau gouverneur Damrémont ne fit pas mieux. Le siège dura des semaines et coûta la vie à la fine fleur de l'armée française. Dans nos cuisines souterraines, nous étions tellement abasourdis par le tonnerre des canons, répercuté et amplifié par les voûtes, aveuglés par la poussière, asphyxiés par les fumées âcres, pétrifiés par les craquements vertigineux de la forteresse, que nous ne savions rien faire d'autre que prier, le nez entre les genoux. Pour notre part, nous étions prêts à tout abandonner à l'ennemi mais à l'offre de reddition envoyée par Damrémont, dans laquelle il soulignait son engagement solennel à respecter les femmes, les enfants et les biens, le bey répondit : *Si les chrétiens manquent de poudre, nous leur en fournirons ; s'ils n'ont plus de biscuits, nous partagerons les nôtres avec eux ; mais tant que l'un d'entre nous sera vivant, ils n'entreront pas dans Constantine.* Quel panache ! Nous reprîmes aussitôt la distribution de biscuits et de gourdes et nous nous riions des boulets brûlants qui nous passaient entre les jambes. Il y avait du Massinissa en cet homme, même aveugle on le suit. Dommage qu'il fût turc. Revisiter ce temps est un bonheur, tout y est : la légende, la bravoure, l'esprit chevaleresque et l'humour.

Cet homme nous était très sympathique. Un, il était *coulougli*, c'est-à-dire un métis, un peu des nôtres, fils d'un officier turc et d'une belle Algérienne. Deux, il envoyait paître et son suzerain le dey d'Alger et son sultan à Istanbul. Constantine avait bien déteint sur lui. Trois, il pratiquait régulièrement de fructueuses razzias de l'autre côté des frontières, aux dépens de ses compatriotes et collègues, le bey de Tunis et le bey de Bône, qui donnaient lieu à de somptueuses fêtes au profit des pauvres. Chacun avait droit à un petit quelque chose, une piécette, un boisseau d'orge, une paire de sandales, un foulard, une chéchia, une oreille porte-bonheur. Enfin, il venait de nous offrir de quoi rêver pour le restant de nos jours : la plus belle bataille de l'histoire de Cirta, après celle de Massinissa.

Le temps de la rupture

Les Français entrèrent dans la forteresse par la grande porte, dans une débauche de drapeaux, de roulements de tambours et de hennissements de chevaux. Les notables, pachas, bachagas et gros marchands avaient enfilé leurs plus riches habits et semblaient vivre le plus beau jour de leur vie. Mort le bey, vive le roy. Tous tenaient un papier à la main et avaient activé leurs relais dans le palais pour obtenir des rendez-vous. Alignés en haie d'honneur, les pauvres que nous étions admiraient bouche ouverte les chevaux magnifiquement harnachés et les canons de siège brillant de tous leurs feux sous le soleil. Le soir venu, dans les cuisines, avec mes copains les marmitons, tout retournés que nous étions, nous découvrîmes avec horreur que les Français mangeaient des choses qui feraient vomir un chien et avalaient des boissons qui feraient tituber un mur de soutènement. Le cuisinier de ces messieurs, Maître Queux de son nom, tout de blanc habillé, nous donnait des ordres comme si nous étions nés à son service. Et il nous interdisait de tremper le doigt dans la casserole.

Un mois après cette entrée fracassante,

tout se passait comme s'il n'était rien advenu. Je n'en revenais pas, le palais bruissait des mêmes bruits, des mêmes rumeurs qu'hier, et la ville tournait autour de ses échoppes avec l'empressement d'une vieille abeille aveugle et entêtée. Au généralissime, on donnait du *Sidi le bey* et on se pliait en deux devant lui comme on le faisait pour l'ancien qui fut renvoyé au sultan d'Istanbul avec les salutations du général. Depuis toujours, très longtemps, le pays appartenait aux étrangers, que l'un remplace l'autre, quoi de plus normal. On s'en fichait, le cérémonial ne change pas, c'est l'essentiel.

Dans le palais, il suffisait d'ouvrir l'oreille pour savoir. Les Français aimaient à palabrer autour d'un verre, au contraire des Turcs qui sirotaient leur thé en silence, les yeux fermés, en se lissant la barbichette. Nous suivions les événements au jour le jour. À l'heure de l'apéritif, dans le grand salon, nous étions tout ouïe autour de ces messieurs. Nous entendions des noms et des noms que les officiers prononçaient avec rage, ou grand respect, ou avec ironie, et nous apprîmes à croire que c'était là de sorcières dont ils parlaient, de marabouts, de héros, de tribus impossibles à tenir. Abd el-Kader, Bouamma, les Ouled Sidi Cheikh étaient les noms qui revenaient sans cesse ainsi que celui de Fatma N'Sumer, une Kabyle du Djurdjura, une fillette de sept ans qui aurait des visions et que ces messieurs hilares comparaient à une pucelle nommée Jeanne d'Arc, morte sur le bûcher des Anglais. On le saura plus tard, à l'âge de dix-huit ans, devenue belle et intrépide, elle mobilisera sa tribu et engagera le feu contre les Français. Après mille batailles épiques menées à travers toute la Kabylie, elle sera vaincue, son village rasé et sa tribu déportée. Elle aura vingt-six ans quand, enchaînée, elle sera conduite devant son vainqueur, le maréchal Randon. Ébloui par sa jeunesse, sa beauté et son port altier, qui en imposaient à la foule des soldats, celui-ci se mit au garde-à-vous et d'une voix forte dit à ses hommes : *Messieurs, j'ai l'honneur de vous présenter la Jeanne d'Arc du Djurdjura !* Elle mourra en prison à l'âge canonique de trente-trois ans.

Ils en parlaient sans cesse, de leurs campagnes, comme si les choses marchaient au rebours de ce qu'ils avaient arrêté. Ils évoquaient aussi les leurs, tout autant avec rage, grand respect ou ironie. Les villes qu'ils citaient ne nous disaient rien, ils avaient changé leurs noms, leur collant celui d'un général, d'un prince, d'un roi, d'un savant ou autre chose, Changarnier, Penthièvre, Aumale,

Vialar, Valée, Mondovi, Fort National, Bougie, Lamoricière, Victor Hugo, Lafayette... Nous étions perdus. L'histoire se déroulait sous nos yeux, là dans le grand salon, nous en entendions les échos avec nos oreilles, mais nous ne comprenions pas, nous ne savions pas de quoi il retournait, de quels pays, quelles villes, quelles batailles, quelles résolutions, de quel avenir ils parlaient avec tant de chaleur. Ils avaient l'air si héroïques lorsqu'ils fumaient le cigare, avec cette nonchalance, une jambe sur l'autre, l'index jouant négligemment de la soutache, la tête penchée sur le côté, le regard lointain, que nous les enviions. Le fin du fin de la victoire, c'est ça, fumer le cigare de cette manière.

Un jour, nous eûmes l'occasion de le voir, le fameux Yusuf qui avait à lui seul réalisé la conquête de l'Algérie. Quelle déception, il n'avait rien du géant ailé que nous imaginions, c'était un avorton, court sur pattes, hâbleur, et ses dents étaient plus corrompues que les nôtres. La dégaine d'un pirate d'occasion. Un matin, il a disparu comme il était apparu, sa légende le requérait ailleurs.

Le temps de nous en rendre compte, nous avions oublié le turc et attrapé quelques mots de français. Les notables nous avaient devancés, nous les voyions arriver au palais, tôt le matin, tirés à quatre épingles, et blablater des heures entières dans les bureaux des administrateurs. Ils ressortaient avec le sourire sur le visage et de beaux papiers en main, mais d'autres fois, ils repartaient la queue basse, pestant entre les dents. Il nous fallait apprendre à lire et à compter pour comprendre ces choses-là.

Nous étions jeunes et ignorants mais nous comprenions bien que quelque chose d'énorme s'était produit sous nos yeux. Après dix siècles tournés vers l'Orient, arabe, turc et musulman, notre vie se tournait à présent vers l'Occident européen et chrétien, cet Occident qui jadis, dix siècles d'affilée, fut notre vis-à-vis, tour à tour ami, complice, ennemi, et qui nous avait fait oublier l'Égypte, la mère du monde, ce lointain berceau où était née notre humanité. Le balancier de l'histoire avait de nouveau basculé sous nos yeux.

Mon troisième repère : l'Algérie

Le temps de la solitude

Quand je suis revenu à la vie, l'Algérie en son entier était française depuis bientôt un siècle. Je n'ai rien reconnu. Dieu, où étais-je tombé ? Le pays dans son immensité était livré aux géomètres, aux terrassiers, aux machines, aux poseurs de rails, aux planteurs, aux compagnies minières, à la réclame. Pas un endroit n'était épargné. Le pays avait changé de physionomie, une fois de plus. Un instant, je me suis cru revenu au temps de l'Afrique romaine chrétienne. Les villes telles des champignons poussaient spontanément et les routes qui les reliaient en serpentant portaient un revêtement noir et luisant et fumaient sous le soleil. Et partout, se découpant dans le ciel, des croix attestaient de la crucifixion de notre Seigneur le Christ, sidna Aïssa. Mais qu'était-ce ces demeures, hautes sur pieds, alvéolées, alignées au cordeau, donnant sur l'extérieur, chacune proclamant en façade ses origines et sa fortune ? Et ces gens, d'où venaient-ils, qui étaient-ils ? J'avais l'impression que toute l'humanité voisine, dont nous avions soupé, s'était donné rendez-vous chez nous à l'invitation du roi de France : les Portugais, les Espagnols, les Italiens, les Grecs, les Maltais, les Cypriotes, et d'autres que nous n'avions jamais vus par ici — des Anglais, des Allemands, des Alsaciens, des Suisses, des Hollandais —, sinon comme esclaves, galériens, pirates, marchands ou plénipotentiaires. On pratiquait toutes les religions, toutes les langues, toutes les coutumes, au grand jour, chacun faisant comme s'il était chez lui depuis les origines du monde. Les Berbères, mais aussi les Arabes, les esclaves des barbaresques et les coulouglis, qui étaient restés parmi nous et avaient fait souche, étaient les seuls vrais étrangers que je rencontrais. Ils se tenaient à l'écart, comme des étrangers, dans un quant-à-soi qui montrait qu'ils tenaient à le rester. Je les avais laissés dans l'ombre du Turc, poussifs et déguenillés, dans un pays morcelé en proie à la guerre, je les retrouvais hébétés, mourants, parqués dans des bidonvilles retirés, sous le regard d'un grand président, dans un pays en paix, riche et puissant dans ses frontières. J'en fus étonné et choqué, mais pas vraiment, il en avait été ainsi avec Rome, Byzance, Bagdad, Damas, Le Caire, Istanbul, Madrid, nous étions des étrangers, des barbares. Je le savais pour en avoir assez vu de l'histoire tourmentée de la Numidie de toujours, du Maghreb d'hier, il a manqué une bataille, celle qui aurait éloigné une fois pour toutes les envahisseurs de notre terre. Depuis la mort de Massinissa, Kahina et Abdelmoumen, le ressort était cassé. Nous avions perdu le sens de l'unité, le goût de la liberté et la fierté de nos origines. Nous nous étions enfermés dans le manichéisme d'un Orient décadent et possessif et nous avions perdu la force de marcher vers le futur, ce lieu unique, qui n'est ni du nord ni du sud, ni de l'est ni de l'ouest, ni chrétien ni musulman ni athée ni païen, où Dieu et la vérité des vérités attendent l'humanité depuis le commencement des temps.

Tout cela n'était pas sans charme, ce mélange d'Orient vieillot et radoteur et d'Occident des Lumières entreprenant et calculateur, ce côté spontané et parfaitement agencé, cet allant hybride et faussement égalitaire, qui promettait de faire de l'Algérie un eldorado pour tous. Mais dans la misérable solitude où nous étions, seule la mort avait du charme. Et voilà que nos vieux compagnons les Juifs nous avaient lâchés, ils avaient accepté ce que nous avions toujours refusé ensemble depuis l'Exode : céder à la tentation. Un certain Crémieux les avait embobinés avec un titre de nationalité qui fondamentalement ne changeait rien à rien, Juifs ils étaient, Juifs ils resteraient, sous un chapeau ou une casquette, et les crises antijuives qui se succédaient à feux roulants en ce début de siècle imbu et tapageur étaient là pour le leur rappeler. L'intégration se fait dans la liberté et l'amitié, et le reniement n'est pas la liberté, et la domination n'est pas l'amitié. Je croyais que les Juifs n'oubliaient jamais mais ils avaient oublié la Marseillaise antijuive, les youpinades, les Max Régis, les Drumont dit Barbapoux, les Marchal, les Morinaud, les Faure et leurs semblables qui étaient venus avant eux, et ne pensaient aucunement à ceux qui viendraient après eux. J'aurais voulu leur en dire plus, la dernière en date, mais déjà tout était accompli dans le futur, et il est des nouvelles qu'on ne peut annoncer sans en mourir soi-même sur-le-champ, pétrifié, glacé, et celle-là était la plus inconcevable de toutes. À certains je le leur ai rappelé : nous avions été naturalisés par Rome, assimilés par les Arabes et par les Turcs, et cela n'avait rien changé à notre condition, barbares nous étions, barbares nous restions à leurs yeux. Nous étions seuls, infiniment seuls, comme l'étaient les Incas face à l'Espagne des conquistadors, comme l'étaient les Indiens face à la terrifiante Amerique des businessmen. Le décor était planté pour une disparition inéluctable.

Mais l'air était à la civilisation, elle triomphe de tout. On préparait le centenaire de l'Algérie française. Un grand moment de communion, de fraternisation, très saint-simonien. J'ai lu dans les journaux que le but de la célébration était de créer en métropole un engouement pour cette nouvelle France, mieux, de susciter *une obsession de l'Algérie*, et d'y attirer le maximum d'argent pour consacrer cette terre occidentale et méditerranéenne, fille de Rome, de la latinité et de la chrétienté avant les autres, avant le royaume des Francs et celui des Ibères, ce vieux creuset dans lequel se sont fondus les peuples, les races et les religions de la mer commune. L'espoir était donc permis. Peut-être un jour, un Amazigh sera-t-il président de l'empire français comme Septime Sévère fut empereur de Rome, et un de nos bons imams dirigera l'Église musulmane de France comme notre bon évêque d'Hippone Augustin fut le plus fameux des pères de l'Église catholique romaine et apostolique. Je crois que les gens ont caressé ce rêve mais ils n'y ont pas cru, la réalité ne le voulait pas, quand on prend la place de quelqu'un, on la prend en entier et c'est cela qui s'est passé.

Les chefs de tribus et les caïds y crurent d'un bloc. Eux n'avaient pas de rêves, la réalité leur appartenait. Toute l'année, ils furent exposés dans les salons d'Alger et de Paris et baladés par les places et les grands boulevards, le poitrail chargé de médailles plus ou moins vraies. Ils étaient l'Algérie française, ils étaient la France algérienne, ils étaient l'exemple, la bonne graine de demain. Ils en profitèrent, les sagouins, on les retrouva mille fois plus riches après les célébrations et plus tard, nous le saurons, tout finit par se savoir, ils feront de parfaits tueurs, de parfaits mercenaires et de non moins parfaits dignitaires de l'Algérie indépendante. Ils ne faisaient pas que siroter du champagne et taquiner les belles danseuses ramenées de tous les horizons pour reposer le public des discours sur l'égalité, la liberté, la fraternité, ils monnayaient tout, jusqu'à la plus petite de leurs servilités, et s'accommodaient avec joie du mépris que leur vouaient leurs montreurs. J'avoue que j'ai autant ri de les voir faire les singes amassant des cacahuètes que pleuré de les entendre nous mêler à leur félicité, nous les seuls vrais étrangers.

Comment intéresser les fantômes des bidonvilles et les ombres des campagnes pierreuses aux Lumières du centenaire, fut la question à deux sous oubliée par les organisateurs. J'en étais choqué mais pas vraiment, les vainqueurs et les soumis, pas plus que les nantis et les exclus, n'ont jamais festoyé ensemble. N'empêche, je me suis accroché au mouvement, j'ai couru toutes les grandes réalisations du centenaire. J'ai visité le fameux Jardin d'essai, que les gazettes présentaient comme la huitième merveille du monde, et j'ai éprouvé du bonheur et de la fierté pour le génie de ces artistes et la générosité de cette terre prompte à offrir l'Éden à qui frappe à sa porte. Je suis passé devant la Maison de l'agriculture, la Maison des étudiants, la Grande Poste, le Forum, la Bibliothèque, la Basilique, et j'avoue que je me suis senti fier comme je l'avais été jadis devant la Timgad de Trajan, le Carthage d'Asdrubal, le Kairouan d'Oqba, la Cirta de Massinissa, *El Peñon* de Ferdinand ou le Bastion de Barberousse à Alger, et je me suis longuement baladé dans les avenues et les boulevards abondamment fleuris d'Alger. Devant ces monuments impressionnants, l'Égyptien qui était en moi ne pouvait rester insensible. Ce qui reste lorsque tout est passé, c'est bien la pierre. Il y avait de la joie dans l'air, les femmes étaient belles et les hommes gonflés d'orgueil.

À en croire les journaux, Alger ressemblait comme deux gouttes d'eau à sa jumelle Marseille, sans doute, mais certainement plus à Alger. Notre vieil Alger à nous, populeux, bigarré, tortueux, ceint de forteresses imprenables, s'était réfugié dans la casbah et n'en sortait plus, il tournait en rond, prisonnier de la misère, empêtré qu'il était dans le passé, un passé tronqué qui renvoyait de la geste andalouse à l'aventure ottomane et de là se perdait dans un orientalisme lointain tout de bric et de broc. Un îlot de misère dans un empire de prospérité. Ces braves gens avaient oublié quatre mille et une années de leur histoire et n'en savaient que les dernières pages qu'ils lisaient et relisaient fiévreusement à la lueur vacillante des bougies comme on lit de saintes reliques. Qu'importe, la nostalgie même parcellaire aide à passer les jours, à se reposer de ses peines, à échanger des rêves, à imaginer un avenir meilleur. En visitant le somptueux musée des Beaux-Arts et des antiquités, je suis tombé en catalepsie puis carrément en transe. C'était l'émotion. J'avais sous les yeux en entier, agencés dans cet ordre, l'Algérie du présent, le Maghreb d'hier, la Numidie de toujours, c'était merveilleux, je pouvais voir, toucher, remonter le temps, retrouver des sensations, et de plus, tout au bout de la galerie, j'ai découvert avec stupéfaction qu'avant même la Numidie nous étions là, depuis des milliers d'années, et que nos lointains ancêtres, les Enfants de la Terre, dans leur prodigieux dénuement avaient réussi ce miracle impossible, nous transmettre le seul bien qu'ils possédaient, la vie. Dieu, comment eux-mêmes ont-ils pu l'avoir ? Et nous, que laisserons-nous à l'heure de notre mort ?

Je n'arrivais pas à en vouloir à l'envahisseur ni aux gens qu'il avait installés sur nos terres et dans notre histoire car, après tout, le pays en avait tant reçus par le passé qu'ils étaient déjà quelque part dans nos gènes et dans notre mémoire et nous dans les leurs. Ni à nous-mêmes pour avoir failli au devoir de liberté car, après tout, ce que l'on ne fait pas, les enfants le feront un jour. Pour l'heure, devant ces vestiges silencieux, brisés, fanés, qui disaient nos gloires et nos terribles défaites, je voyais l'œuvre de cette loi immuable de la nature, ahurissante et impitoyable, qui veut que la guerre est le commencement et la fin de tout et que l'homme cet être indestructible est l'agent pathogène de sa propagation. Je me disais qu'il serait temps pour nous tous de guérir et de laisser la vie tranquille.

Ce temps lamentable et inique m'a apporté quelque chose de merveilleux que nous ne connaissions pas auparavant : le livre. Il nous était interdit, ou peut-être lui étions-nous interdits, le ouï-dire en petit cercle fermé était notre seul permis. Comme nous étions craintifs devant le moindre bruit et tout à coup passionnés ! Après un temps de panique, je suis tombé en admiration devant cet objet magique, offert à tous, et aussitôt je me suis fait le rêve d'en amasser des milliers, de tous les pays, de toutes les langues, de tous les temps, et de les lire. Rien n'alimente mieux la nostalgie, cet allant qui nous fait revivre dans le calme ce que la vie nous a donné à vivre dans la précipitation, et connaître ce qu'elle nous a refusé de voyages, d'héroïsme, de savoir, de liberté, d'amour, de gloire, de grandeur. Alors, je me suis mis à apprendre avec énergie cette nouvelle langue, le français, que j'ai sue dans le passé, sous d'autres formes, avec d'autres sonorités, le latin, le grec et plus tard, l'arabe. Et sans doute le parler assez piteux des Lémovices et des Ligures que nous avons un temps baragouiné quand, embarqués dans la longue marche d'Hannibal sur Rome, nous avons recruté en cours de route ces tribus sauvages. À travers les mots et les livres de cette langue, j'ai retrouvé un peu de nous-mêmes, un peu de ceux que nous avons côtoyés dans le fracas de l'histoire, qui ont hérité de nous autant que nous avons pris d'eux. En définitive, nous savions peu de choses de notre histoire, presque rien, beaucoup nous a été caché, tant de choses ont été effacées, pour nous protéger sans doute, pour nous garder dans la foi et la fidélité au souverain. Je me souviens avoir fait ce constat : cette langue a beaucoup de nos langues passées. De fait, elles se sont entremêlées, tant de mots de l'une appartiennent à l'autre et vice versa. L'histoire l'a voulu ainsi, transcendant de la sorte ses errements et ses faillites. Elle est donc nôtre, comme le berbère qui nous vient de la Numidie de toujours, et avant cela de l'Égypte, la mère du monde, comme l'arabe qui nous vient d'Arabie et a nourri le Maghreb d'hier. J'avoue avoir passé ces années de disette et de solitude à dérober des livres et à les lire.

Le temps présent

Le présent résout bien des énigmes du passé, ne serait-ce que par l'oubli, le désintérêt et la falsification, mais il en crée de nouvelles devant lesquelles, faute de recul, nous sommes désarmés. On ne sait que penser. En peu de temps, ce présent envahissant et bouleversant de célérité a enfanté deux guerres mondiales, un holocauste comme la terre n'en a jamais vu, des génocides en série, des famines à répétition, réveillé tant de haines oubliées et engendré tant de conflits locaux, que l'humanité et les Lumières sont discréditées. Mais il y eut tant de belles choses qui font que cette humanité, plus nombreuse et plus prospère que jamais, est encore là, résistant vaillamment à ses folies, à ses nouveaux dieux, à ses envahisseurs, prête à bondir dans les étoiles. Demain sera meilleur, il faut continuer de le croire comme nous l'avons toujours fait depuis le commencement des temps.

L'Algérie a enfin rejoint ses sœurs de la Numidie de toujours, le Maghreb d'hier, le Maroc, la Tunisie, la Libye et la petite Mauritanie. Après mille batailles épiques livrées à travers le siècle et sur toute l'étendue de son territoire, elle a accédé à l'indépendance.

Massinissa, Jugurtha, Kahina, Abdelmoumen, Abd el-Kader, Abane Ramdane et les autres, peuvent se retourner dans leur tombe, face vers le ciel. Il reste à son peuple à retrouver sa pleine mémoire, à construire sa liberté, mais c'est là une histoire à venir.

Le retour à la réalité

Je ne sors jamais de la nostalgie sans malaise. La réalité est là, elle n'est guère conciliante. Et puis tant de choses m'ont échappé dans le voyage, mais quoi. Quatre mille et une années dans le brouillard ne se traversent pas comme ça, on revient avec des lacunes, des regrets, et des douleurs diffuses dont on ne sait si elles sont du présent ou du passé. On aimerait réécrire telle page de l'histoire, approcher tel personnage, vérifier son affaire avec lui, ou simplement, tout simplement, faire halte quelque part dans un petit village au bord d'une rivière et regarder la vie antique s'ébattre au jour le jour comme si le temps lui appartenait. On aimerait pouvoir leur dire ce qui les attend mais ce serait les galvaniser pour pas grand-chose ou tuer en eux l'espoir, avant tout c'est cela qui les faisait vivre. Et puis il y a cette terrible question qui me taraude : s'ils nous voyaient, nous reconnaîtraient-ils comme leurs héritiers ? Le leur dirions-nous ? Ne vaudrait-il pas mieux le leur cacher ?

Le malaise vient aussi de ce constat : de cette longue histoire aux mille rebondissements, cette richesse faite de tant d'échecs et de tant de réussites, cette constante implication dans l'évolution de la mer commune, la Méditerranée, ces liens tissés dans tous les sens, nous avons tiré si peu, superficiellement comme si nous étions dans l'ignorance que la sève est dans les profondeurs. Devant la fresque, nous sommes comme des enfants, regardant de biais et tout à coup indifférents. Quel drame de ne pas savoir son histoire de bout en bout. Avec des fonds propres aussi considérables et si peu considérés, on craint pour l'avenir de l'entreprise.

Si longue soit l'absence, le présent nous attend, il nous requiert. Le présent c'est aussi de l'histoire, ma foi, de l'histoire en marche. Elle nous dira beaucoup demain, quand nous serons morts et oubliés. C'est bien de laisser quelques mystères en suspens pour une prochaine résurrection. Sans la nostalgie et sans l'attente du lendemain, que serait la vie ?

La nostalgie, un art perdu	9
Mon premier repère : l'Égypte	13
Le temps de l'exode	13
Le temps du bonheur	15
Mon deuxième repère : la Numidie	27
Le temps de l'errance	27
Le temps des légendes	33
Le temps des invasions	37
Le temps des marchands	41
Le temps des héros	49
Le temps des résistants	57
Le temps des mystiques	62
Le temps des persécutions	68
Le temps des poètes	71
Le temps des apologistes	72
Le temps de la fin	74
Le temps du silence	77
Le temps du réveil	79
Le temps des zélateurs	85
Le temps des imams	89

Le temps des géants	90
Le temps du repli	94
Le temps de la course	95
Le temps de l'attente	106
Le temps de la saga	107
Le temps de la rupture	114
Mon troisième repère : l'Algérie	119
Le temps de la solitude	119
Le temps présent	130
Le retour à la réalité	133

DÉCOUVREZ LES FOLIO 2 €

Parutions de janvier 2007

Régine DETAMBEL — *Petit éloge de la peau*

« L'écriture aujourd'hui, moderne poétique de la peau, n'écorche plus le papier. Fi des parois scarifiées. Elle se tient loin du manuscrit, du parchemin, de cette peau de veau mort-né, encore sanguinolente, dont le vélin tira sa palpitante origine. »

Caryl FÉREY — *Petit éloge de l'excès*

« L'excès non seulement résiste aux règles imposées, mais permet aussi de nous multiplier, de nous essayer à toutes les sauces, tous les possibles, de grandir en somme. Tant pis si on est excessivement mauvais. »

Jean-Marie LACLAVETINE — *Petit éloge du temps présent*

« Nous vivons désormais dans le "présent perpétuel" prédit par Debord. Oh, sinistre prestige de la table rase, conjugué à la tyrannie du spectacle... »

Richard MILLET — *Petit éloge d'un solitaire*

« S'il aimait autant la solitude, c'était qu'il pouvait ainsi laisser libre cours à ce qu'il faut bien appeler son originalité ou ses bizarreries. »

Boualem SANSAL — *Petit éloge de la mémoire*

« Jadis, en ces temps fort lointains, avant la Malédiction, j'ai vécu en Égypte au pays de Pharaon. J'y suis né et c'est là que je suis mort, bien avancé en âge... »

Dans la même collection

R. AKUTAGAWA — *Rashômon* et autres contes (Folio n° 3931)

M. AMIS — *L'état de l'Angleterre* précédé de *Nouvelle carrière* (Folio n° 3865)

H. C. ANDERSEN	*L'elfe de la rose* et autres contes du jardin (Folio n° 4192)
ANONYME	*Conte de Ma'rûf le savetier* (Folio n° 4317)
ANONYME	*Le poisson de jade et l'épingle au phénix* (Folio n° 3961)
ANONYME	*Saga de Gísli Súrsson* (Folio n° 4098)
G. APOLLINAIRE	*Les Exploits d'un jeune don Juan* (Folio n° 3757)
ARAGON	*Le collaborateur* et autres nouvelles (Folio n° 3618)
I. ASIMOV	*Mortelle est la nuit* précédé de *Chante-cloche* (Folio n° 4039)
AUGUSTIN (SAINT)	*La Création du monde et le Temps* suivi de *Le Ciel et la Terre* (Folio n° 4322)
J. AUSTEN	*Lady Susan* (Folio n° 4396)
H. DE BALZAC	*L'Auberge rouge* (Folio n° 4106)
H. DE BALZAC	*Les dangers de l'inconduite* (Folio n° 4441)
T. BENACQUISTA	*La boîte noire* et autres nouvelles (Folio n° 3619)
K. BLIXEN	*L'éternelle histoire* (Folio n° 3692)
BOILEAU-NARCEJAC	*Au bois dormant* (Folio n° 4387)
M. BOULGAKOV	*Endiablade* (Folio n° 3962)
R. BRADBURY	*Meurtres en douceur* et autres nouvelles (Folio n° 4143)
L. BROWN	*92 jours* (Folio n° 3866)
S. BRUSSOLO	*Trajets et itinéraires de l'oubli* (Folio n° 3786)
J. M. CAIN	*Faux en écritures* (Folio n° 3787)
A. CAMUS	*Jonas ou l'artiste au travail* suivi de *La pierre qui pousse* (Folio n° 3788)
A. CAMUS	*L'été* (Folio n° 4388)

T. CAPOTE	*Cercueils sur mesure* (Folio n° 3621)
T. CAPOTE	*Monsieur Maléfique* et autres nouvelles (Folio n° 4099)
A. CARPENTIER	*Les Élus* et autres nouvelles (Folio n° 3963)
C. CASTANEDA	*Stopper-le-monde* (Folio n° 4144)
M. DE CERVANTÈS	*La petite gitane* (Folio n° 4273)
R. CHANDLER	*Un mordu* (Folio n° 3926)
G.K. CHESTERTON	*Trois enquêtes du Père Brown* (Folio n° 4275)
E. M. CIORAN	*Ébauches de vertige* (Folio n° 4100)
COLLECTIF	*Au bonheur de lire* (Folio n° 4040)
COLLECTIF	*« Dansons autour du chaudron »* (Folio n° 4274)
COLLECTIF	*Des mots à la bouche* (Folio n° 3927)
COLLECTIF	*« Il pleut des étoiles »* (Folio n° 3864)
COLLECTIF	*« Leurs yeux se rencontrèrent... »* (Folio n° 3785)
COLLECTIF	*« Ma chère Maman... »* (Folio n° 3701)
COLLECTIF	*« Mourir pour toi »* (Folio n° 4191)
COLLECTIF	*« Parce que c'était lui ; parce que c'était moi »* (Folio n° 4097)
COLLECTIF	*Un ange passe* (Folio n° 3964)
COLLECTIF	*1, 2, 3... bonheur !* (Folio n° 4442)
CONFUCIUS	*Les Entretiens* (Folio n° 4145)
J. CONRAD	*Jeunesse* (Folio n° 3743)
J. CORTÁZAR	*L'homme à l'affût* (Folio n° 3693)

J. CRUMLEY	*Tout le monde peut écrire une chanson triste* et autres nouvelles (Folio n° 4443)
D. DAENINCKX	*Ceinture rouge* précédé de *Corvée de bois* (Folio n° 4146)
D. DAENINCKX	*Leurre de vérité* et autres nouvelles (Folio n° 3632)
R. DAHL	*Gelée royale* précédé de *William et Mary* (Folio n° 4041)
R. DAHL	*L'invité* (Folio n° 3694)
S. DALI	*Les moustaches radar (1955-1960)* (Folio n° 4101)
M. DÉON	*Une affiche bleue et blanche* et autres nouvelles (Folio n° 3754)
R. DEPESTRE	*L'œillet ensorcelé* et autres nouvelles (Folio n° 4318)
P. K. DICK	*Ce que disent les morts* (Folio n° 4389)
D. DIDEROT	*Lettre sur les aveugles à l'usage de ceux qui voient* (Folio n° 4042)
R. DUBILLARD	*Confession d'un fumeur de tabac français* (Folio n° 3965)
A. DUMAS	*La Dame pâle* (Folio n° 4390)
S. ENDO	*Le dernier souper* et autres nouvelles (Folio n° 3867)
ÉPICTÈTE	*De la liberté* précédé de *De la profession de Cynique* (Folio n° 4193)
W. FAULKNER	*Le Caïd* et autres nouvelles (Folio n° 4147)
W. FAULKNER	*Une rose pour Emily* et autres nouvelles (Folio n° 3758)
F. S. FITZGERALD	*La Sorcière rousse* précédé de *La coupe de cristal taillé* (Folio n° 3622)
F.S. FITZGERALD	*Une vie parfaite* suivi de *L'accordeur* (Folio n° 4276)
C. FUENTES	*Apollon et les putains* (Folio n° 3928)

GANDHI	*La voie de la non-violence* (Folio n° 4148)
R. GARY	*Une page d'histoire* et autres nouvelles (Folio n° 3752)
J. GIONO	*Arcadie... Arcadie...* précédé de *La pierre* (Folio n° 3623)
J. GIONO	*Prélude de Pan* et autres nouvelles (Folio n° 4277)
N. GOGOL	*Une terrible vengeance* (Folio n° 4395)
W. GOLDING	*L'envoyé extraordinaire* (Folio n° 4445)
W. GOMBROWICZ	*Le festin chez la comtesse Fritouille* et autres nouvelles (Folio n° 3789)
H. GUIBERT	*La chair fraîche et autres textes* (Folio n° 3755)
E. HEMINGWAY	*L'étrange contrée* (Folio n° 3790)
E. HEMINGWAY	*Histoire naturelle des morts* et autres nouvelles (Folio n° 4194)
C. HIMES	*Le fantôme de Rufus Jones* et autres nouvelles (Folio n° 4102)
E. T. A. HOFFMANN	*Le Vase d'or* (Folio n° 3791)
P. ISTRATI	*Mes départs* (Folio n° 4195)
H. JAMES	*Daisy Miller* (Folio n° 3624)
H. JAMES	*Le menteur* (Folio n° 4319)
T. JONQUET	*La folle aventure des Bleus...* suivi de *DRH* (Folio n° 3966)
F. KAFKA	*Lettre au père* (Folio n° 3625)
J. KEROUAC	*Le vagabond américain en voie de disparition* précédé de *Grand voyage en Europe* (Folio n° 3694)
J. KESSEL	*Makhno et sa juive* (Folio n° 3626)
JI YUN	*Des nouvelles de l'au-delà* (Folio n° 4326)
R. KIPLING	*La marque de la Bête* et autres nouvelles (Folio n° 3753)

LAO SHE	*Histoire de ma vie* (Folio n° 3627)
LAO-TSEU	*Tao-tö king* (Folio n° 3696)
J. M. G. LE CLÉZIO	*Peuple du ciel* suivi de *Les bergers* (Folio n° 3792)
J. LONDON	*La piste des soleils et autres nouvelles* (Folio n° 4320)
P. LOTI	*Les trois dames de la Kasbah* suivi de *Suleïma* (Folio n° 4446)
H. P. LOVECRAFT	*La peur qui rôde et autres nouvelles* (Folio n° 4194)
P. MAGNAN	*L'arbre* (Folio n° 3697)
K. MANSFIELD	*Mariage à la mode* précédé de *La Baie* (Folio n° 4278)
MARC AURÈLE	*Pensées* (Livres I-VI) (Folio n° 4447)
G. DE MAUPASSANT	*Le Verrou et autres contes grivois* (Folio n° 4149)
I. McEWAN	*Psychopolis et autres nouvelles* (Folio n° 3628)
H. MELVILLE	*Les Encantadas, ou Îles Enchantées* (Folio n° 4391)
P. MICHON	*Vie du père Foucault – Vie de Georges Bandy* (Folio n° 4279)
H. MILLER	*Plongée dans la vie nocturne...* précédé de *La boutique du Tailleur* (Folio n° 3929)
S. MINOT	*Une vie passionnante et autres nouvelles* (Folio n° 3967)
Y. MISHIMA	*Dojoji et autres nouvelles* (Folio n° 3629)
Y. MISHIMA	*Martyre* précédé de *Ken* (Folio n° 4043)
M. DE MONTAIGNE	*De la vanité* (Folio n° 3793)
E. MORANTE	*Donna Amalia et autres nouvelles* (Folio n° 4044)
V. NABOKOV	*Un coup d'aile* suivi de *La Vénitienne* (Folio n° 3930)

P. NERUDA	*La solitude lumineuse* (Folio n° 4103)
F. NIWA	*L'âge des méchancetés* (Folio n° 4444)
F. O'CONNOR	*Un heureux événement* suivi de *La Personne Déplacée* (Folio n° 4280)
K. OÉ	*Gibier d'élevage* (Folio n° 3752)
L. OULITSKAÏA	*La maison de Lialia* et autres nouvelles (Folio n° 4045)
C. PAVESE	*Terre d'exil* et autres nouvelles (Folio n° 3868)
C. PELLETIER	*Intimités* et autres nouvelles (Folio n° 4281)
PIDANSAT DE MAIROBERT	*Confession d'une jeune fille* (Folio n° 4392)
L. PIRANDELLO	*Première nuit* et autres nouvelles (Folio n° 3794)
E. A. POE	*Aventure sans pareille d'un certain Hans Pfaall* (Folio n° 3862)
J.-B. POUY	*La mauvaise graine* et autres nouvelles (Folio n° 4321)
M. PROUST	*L'affaire Lemoine* (Folio n° 4325)
QIAN ZHONGSHU	*Pensée fidèle* suivi de *Inspiration* (Folio n° 4324)
R. RENDELL	*L'Arbousier* (Folio n° 3620)
J. RHYS	*À septembre, Petronella* suivi de *Qu'ils appellent ça du jazz* (Folio n° 4448)
P. ROTH	*L'habit ne fait pas le moine* précédé de *Défenseur de la foi* (Folio n° 3630)
D. A. F. DE SADE	*Ernestine. Nouvelle suédoise* (Folio n° 3698)
D. A. F. DE SADE	*La Philosophie dans le boudoir* (Les quatre premiers dialogues) (Folio n° 4150)

A. DE SAINT-EXUPÉRY	*Lettre à un otage* (Folio n° 4104)
J.-P. SARTRE	*L'enfance d'un chef* (Folio n° 3932)
B. SCHLINK	*La circoncision* (Folio n° 3869)
B. SCHULZ	*Le printemps* (Folio n° 4323)
L. SCIASCIA	*Mort de l'Inquisiteur* (Folio n° 3631)
SÉNÈQUE	*De la constance du sage* suivi de *De la tranquillité de l'âme* (Folio n° 3933)
G. SIMENON	*L'énigme de la* Marie-Galante (Folio n° 3863)
D. SIMMONS	*Les Fosses d'Iverson* (Folio n° 3968)
J. B. SINGER	*La destruction de Kreshev* (Folio n° 3871)
P. SOLLERS	*Liberté du XVIIIème* (Folio n° 3756)
G. STEIN	*La brave Anna* (Folio n° 4449)
STENDHAL	*Féder ou Le Mari d'argent* (Folio n° 4197)
R. L. STEVENSON	*Le Club du suicide* (Folio n° 3934)
I. SVEVO	*L'assassinat de la Via Belpoggio* et autres nouvelles (Folio n° 4151)
R. TAGORE	*La petite mariée* suivi de *Nuage et soleil* (Folio n° 4046)
J. TANIZAKI	*Le coupeur de roseaux* (Folio n° 3969)
J. TANIZAKI	*Le meurtre d'O-Tsuya* (Folio n° 4195)
A. TCHEKHOV	*Une banale histoire* (Folio n° 4105)
L. TOLSTOÏ	*Le réveillon du jeune tsar* et autres contes (Folio n° 4199)
I. TOURGUÉNIEV	*Clara Militch* (Folio n° 4047)
M. TOURNIER	*Lieux dits* (Folio n° 3699)

Composition Nord Compo
Impression Novoprint
à Barcelone, le 4 décembre 2006
Dépôt légal : décembre 2006

ISBN 978-2-07-034126-9/Imprimé en Espagne.

145622